中国古代文史经典读本

诗经楚辞 选评

徐志啸　撰

上海古籍出版社

图书在版编目(CIP)数据

诗经楚辞选评 / 徐志啸撰. —上海：上海古籍出版社，2018.6（2024.3重印）

（中国古代文史经典读本）

ISBN 978-7-5325-8835-0

Ⅰ. ①诗… Ⅱ. ①徐… Ⅲ. ①《诗经》-诗歌研究②楚辞研究 Ⅳ. ①I207.22

中国版本图书馆 CIP 数据核字（2018）第 093998 号

中国古代文史经典读本

诗经楚辞选评

徐志啸 撰

上海古籍出版社出版发行

（上海市闵行区号景路 159 弄 1-5 号 A 座 5F 邮政编码 201101）

(1) 网址：www.guji.com.cn

(2) E-mail：guji1@guji.com.cn

(3) 易文网网址：www.ewen.co

常熟市人民印刷有限公司

开本 787×1092 1/32 印张 8.5 插页 2 字数 113,000

2018 年 6 月第 1 版 2024 年 3 月第 4 次印刷

印数：6,101-7,600

ISBN 978-7-5325-8835-0

Ⅰ·3277 定价：26.00 元

如有质量问题，请与承印公司联系

出 版 说 明

　　上海古籍出版社成立六十多年来形成了出版普及读物的优良传统。二十世纪,本社及其前身中华书局上海编辑所策划、历时三十余年陆续出版的《中国古典文学作品选读》与《中国古典文学基本知识》两套丛书各八十种,在当时曾影响深远。不少品种印数达数十万甚至逾百万。不仅今天五六十岁的古典文学研究者回忆起他们的初学历程,会深情地称之为"温馨的乳汁";而且更多的其他行业的人们在涵养气度上,也得其熏陶。然而,人文科学的知识在发展更新,而一个时代又有一个时代的符号系统与表达、接受习惯,因此二十一世纪初,我社又为读者奉献了一套"新世纪文史哲经典读本",是为先前两套丛书在新世纪的继承与更新。

"新世纪文史哲经典读本"凝结了普及读物出版多方面的经验:名家撰作、深入浅出、知识性与可读性并重固然是其基本特点;而文化传统与现代特色的结合,更是她新的关注点。吸纳学界半个世纪以来新的研究成果,从中获得适应新时代读者欣赏习惯的浅切化与社会化的表达;反俗为雅,于易读易懂之中透现出一种高雅的情韵,是其标格所在。

"新世纪文史哲经典读本"在结构形式上又集前述两套丛书之长,或将作者与作品(或原著介绍与选篇解析)乳水交融地结合为一体,或按现在的知识框架与阅读习惯进行章节分类,也有的循原书结构撷取相应内容并作诠解,从而使全局与局部相映相辉,高屋建瓴与积沙成塔相互统一。

"新世纪文史哲经典读本"更是前述两套丛书的拓展与简约。其范围涵盖文学经典、历史经典与哲学经典,希望用最省净的篇幅,抉示中华文化的本质精神。

该套丛书问世以来,已在读者中享有良好的口碑。为了延伸其影响,本社于2011年特在其中选取十五种,

请相关作者作了修订或增补,重新排版装帧,名之为
"中国古代文史经典读本",以飨读者。出版之后,广受
读者的好评,并于 2015 年被评为"首届向全国推荐中华
优秀传统文化普及图书"。受此鼓舞,本社续从其中选
取若干种予以改版推出,并得到国家有关部门的支持,
多种获得 2016 年普及类古籍整理图书专项资助。希望
改版后的这套书能继续为广大读者喜欢,为弘扬中华优
秀传统文化作出贡献。

上海古籍出版社

2017 年 6 月

目　　录

001 /　　　　**出版说明**

001 /　　　　**导言**

　　　　　　诗经
009 /　　　　**一、国风**

　　　　　　　　周南 / 011

　　　　　　　　关雎 / 011

　　　　　　　　卷耳 / 013

　　　　　　　　桃夭 / 015

汉广 / 017

召南 / 019

野有死麕 / 019

邶风 / 021

式微 / 021

简兮 / 023

静女 / 025

鄘风 / 027

柏舟 / 027

桑中 / 028

相鼠 / 030

卫风 / 032

淇奥 / 032

硕人 / 034

木瓜 / 038

王风 / 039

黍离 / 039

采葛 / 041

郑风 / 043

将仲子 / 043

狡童 / 045

风雨 / 046

出其东门 / 048

野有蔓草 / 049

魏风 / 051

伐檀 / 051

硕鼠 / 053

秦风 / 055

蒹葭 / 055

无衣 / 057

陈风 / 059

月出 / 059

豳风 / 061

七月 / 061

069 /　　二、雅

小雅 / 071

鹿鸣 / 071

采薇 / 073

鹤鸣 / 077

何草不黄 / 079

大雅 / *081*

文王 / *081*

生民 / *085*

092 /　　　　　**三、颂**

商颂 / *093*

殷武 / *093*

楚辞

101 /　　　　　**一、屈原**

离骚 / *104*

九歌 / *138*

东皇太一 / *138*

云中君 / *141*

湘君 / *143*

湘夫人 / *146*

大司命 / *149*

少司命 / *152*

东君 / *154*

河伯 / *156*

山鬼 / 158

国殇 / 161

礼魂 / 163

九章 / 164

惜诵 / 164

涉江 / 171

哀郢 / 176

抽思 / 180

怀沙 / 185

思美人 / 191

惜往日 / 195

橘颂 / 202

悲回风 / 205

招魂 / 213

卜居 / 232

渔父 / 235

239 /　　二、宋玉

九辩 / 240

导　　言

　　《诗经》和《楚辞》是中国先秦时期的诗歌作品,代表了中国早期诗歌发展的成就,被称为中国诗歌发展的两个源头。

　　《诗经》是中国最早的一部诗歌总集,它收集了周初至春秋中叶的诗歌作品,原称"诗",汉代儒家将其奉为经典之一,故称《诗经》,后世便沿袭至今。《诗经》编成于春秋时代,共305篇(另有6篇有目无诗),相传孔子曾参与删诗和编订,但据对近年出土楚简考定,孔子删诗说疑为误传。《诗经》共分三大类:风、雅、颂,"风"有十五国风,"雅"分大雅、小雅,"颂"包括《周颂》《鲁颂》《商颂》。今本《诗经》的编排次序——《国风》《小雅》《大雅》及三颂,与近年出土楚简所载不一。《诗经》的诗篇形式以四言为主，间以杂言，主要运用赋、比、兴的手法，体现上古时代民间的宫廷个人与集体的歌唱。赋、比、兴，是《诗经》典型而又具代表性的艺术表现手法，赋是铺陈直言其事，比是以彼物比此物，兴是先言他物以引起所咏之辞，三者在"诗三百"中或单独运用，如赋；或融合表现，如比兴。《诗经》所载内容，全面反映了周初至春秋中叶时期社会的历史、现状及经济文化面貌，为后代提供了了解上古时期中国社会（尤其黄河中下游地区）的宝贵资料，具有不可多得的历史与文化价值。《诗经》问世后，汉代传《诗》者有鲁、齐、韩、毛四家，鲁、齐、韩三家为今文诗学，又称"三家诗"；"毛诗"为古文诗学，后代注《诗》者，或承毛诗，或续三家诗，或间杂三家诗、毛诗，或另辟门户，自立新说。《诗经》由于其特殊的地位（被奉为儒家经典之首）和丰富的思想内容、富有感染力的艺术表现手法，因而在中国历史、中国文化史、中国文学史等方面都产生了极为深远的影响，它为中国历史提供了珍贵的上古时代史料，为中国文化史记录了上古时代的文化风貌，为中国诗歌的发展树立了现实主义表现的范例,极大地影响了后世诗歌的创作。

《楚辞》是以战国时代楚国诗人屈原作品为主,兼及宋玉及汉初其他诗人作品的一部诗歌总集,它由西汉刘向编集定名,由东汉王逸《楚辞章句》定型传世,后代注《楚辞》者均继其后绪而有发展。"楚辞"名称,西汉初时已有,而定屈原等人诗歌作品为"楚辞",乃因其运用了楚地的民歌样式和楚方言声韵,载录了大量的楚风土物产,具有浓厚的楚地方色彩。因其独特的语言形式和文学风格,《楚辞》的诗体样式被后世称为"楚辞体",它是继《诗经》四言诗之后,中国诗歌形式的一大突破。《楚辞》的主要代表诗人屈原,是中国文学史上第一位以个人作品传世的伟大诗人。他名平,字原,是战国时代楚国人,一般认为其生年约为公元前340年,约卒于公元前278年,历楚国怀王与顷襄王两朝。屈原早年辅佐楚怀王,受到信任重用,任左徒、三闾大夫。他学识渊博,忠于楚国,力主彰明法度、举贤授能、联齐抗秦,但不幸遭朝廷佞臣谗害,被迫去职,流放沅湘流域,最后投身汨罗江,以死殉志。

屈原一生为实现自己的政治理想而奋斗,矢志不渝,百折不挠,表现了一位封建士大夫爱国爱人民的高尚气节与人格。为表述自己的理想抱负和向君王表示忠心,他写下了一系列诗歌作品,抒发了满腔的爱国激情和对理想的不懈追求。他的代表作为《离骚》、《九歌》、《天问》、《招魂》等。其中《离骚》一诗,是屈原心声的吐露,也是他人格精神的集中体现;艺术表现形式上,《离骚》创立了楚辞的独特诗体形式,是在吸收楚地民间文学形式的基础上的大胆创造。全诗语言优美,想象丰富,立意鲜明,融历史、神话、传说于一体,塑造了高大的主人公形象,充满了浪漫主义色彩,是中国诗歌史上一篇影响深远、极富艺术价值的浪漫主义诗歌代表作。

与屈原同时代的诗人宋玉,代表作《九辩》抒发了贫士失职的不平,为历代"悲秋"诗的开山之作。《楚辞》在汉代问世后,当时即引起巨大反响,模拟、仿效、感怀者不绝,并影响了历代文人,成为中国古代浪漫主义诗风的源头。为《楚辞》作注，也代代相沿。

　　《诗经》和《楚辞》，不仅在中国文学史（特别是中国诗歌史）上产生了巨大影响，而且对整个中国封建社会中知识分子的思想意识、理想追求、人格操守也有着不可低估的影响作用。

　　本书所选作品，《诗经》部分据上海古籍出版社影印《十三经注疏》，《楚辞》部分据中华书局《楚辞补注》，特此说明。

诗　经

一、国风

　　《诗经》有所谓"六义"之说,此出于《诗·大序》(即《毛诗序》)。"六义"的具体内容是"风、雅、颂、赋、比、兴",其中的"风、雅、颂"是指《诗经》的内容(包括音乐)分类,"赋、比、兴"则是《诗经》的艺术表现手法。

　　"风"即国风,它分十五国风,由十五个国家和地区的诗歌组成,它们具体是:周南、召南、邶、鄘、卫、王、郑、齐、魏、唐、秦、陈、桧、曹、豳;共包括诗 160 篇。"风"有风土、风俗、地方色彩之意,也有教化、风化、讽刺的引申义。对"风"的诠解,《毛诗序》谓:"是以一国之事系一人之本,谓之'风'。"这是汉代人从"义"的角度作理解。郑樵《通志·昆虫草木略》说:"风土之音曰'风'。"朱彝尊《经义考》卷九十八《诗一》转引北宋李清臣的话,谓:"夫《诗》者,古人乐曲,故可以歌,可以被于金石钟鼓之节。"可见,对风的理解诠释,有内容与音乐的两种分类,不过,后人更多相从的,乃朱熹《诗集传·序》所说:"凡诗之所谓风者,多出于里巷歌谣之作,所谓男女相与咏歌、各言其情者也。"这就融合了内容与音乐的两家之说,更切合风诗的分类本义了。

对十五国风中的"二南"——周南、召南,历来曾有争议,焦点在于乐歌和地域之别。相对而言,似地域说更具说服力,"南"即"南土、南国、南邦","南国"之乐即为"南风",而周、召则各为周公、召公统治区域的代称。

"国风"部分的诗篇大多是西周春秋时期的民间歌谣,由朝廷派专门官吏采风搜集编成。这些诗篇所反映表现的思想内容,既有男女相悦、恋爱婚姻的情况,也有揭露社会黑暗混乱、人民遭受迫害和痛苦的状况,还有记录劳动者辛勤劳作的歌谣。"国风"部分诗篇,其共同的艺术风格特点是语言朴素优美,描写生动真切,韵律自然和谐,重章叠句运用较多,表现了上古时代人民的原始歌唱,颇具艺术感染力。

　　由于"国风"部分的诗篇大多为民歌民谣,故一般认为它记录历史与反映社会的价值比较高,是当时人民真实生活与感情的表现。"饥者歌其食,劳者歌其事",读"国风"诗篇,我们能从中读出上古三代人民的心声。

周南

关　　雎

　　关关雎鸠①,在河之洲②。窈窕淑女③,君子好逑④。

　　参差荇菜⑤,左右流之⑥。窈窕淑女,寤寐求之⑦。求之不得,寤寐思服⑧。悠哉悠哉⑨,辗转反侧⑩。

　　参差荇菜,左右采之。窈窕淑女,琴瑟友之⑪。参差荇菜,左右芼之⑫。窈窕淑女,钟鼓乐之。

① 关关：鸟鸣声。雎(jū)鸠：一种水鸟。相传这种鸟雌雄情意专一。

② 洲：水中的沙滩。

③ 窈窕(yǎo tiǎo)：容貌美好。淑：指品德善良。

④ 君子：这里指贵族男子。好逑(hǎo qiú)：意指爱慕的配偶。逑，配偶。

⑤ 参差(cēn cī)：长短不齐。荇(xìng)菜：一种水草，可以食用。

⑥ 流：择取，择取。

⑦ 寤：指醒着。寐：指睡着。

⑧ 思服：思念。

⑨ 悠：长，比喻思念绵绵不断。

⑩ 辗转：卧不安席、翻来覆去的样子。

⑪ 友：亲爱，动词。

⑫ 芼(mào)：拔，一说择。

　　这是《诗经》的第一首，对其诗旨涵义历来就有争议。今天看来,《诗大序》所谓"《关雎》乐得淑女以配君子",应该说不失诗之本义,它是上古时代一首描写男女爱情的佳作。

全诗以水鸟的鸣和之声起兴,引出青年男子对美丽女子的热切追求与殷殷思念,由于现实中无法求得,只能借助想象得以实现。

比兴手法的运用在本诗中显得十分典型,尤其第一章,以"关关雎鸠"带出"君子好逑","关关"之鸣和之声,正隐喻了君子的热切好求。反复出现的重章叠句,既暗寓了君子对淑女的思恋与"追求",也使诗章在咏唱中增添了韵味,体现了民歌的典型风味。

卷　耳

采采卷耳①,不盈顷筐②。嗟我怀人③,寘彼周行④。

陟彼崔嵬⑤,我马虺隤⑥。我姑酌彼金罍⑦,维以不永怀⑧。陟彼高冈⑨,我马玄黄⑩。

我姑酌彼兕觥⑪，维以不永伤。

　　陟彼砠矣⑫，我马瘏矣⑬，我仆痡矣⑭，云何吁矣⑮。

① 采采：采了又采。卷耳：一种野菜名。

② 盈：满。顷筐：斜口的筐，前低后高。

③ 嗟：发语词，无义。怀人：思念人。

④ 寘：置放。周行(háng)：大路。

⑤ 陟(zhì)：登高。崔嵬(wéi)：山顶，高处。

⑥ 虺隤(huī tuí)：指足病，跛躄。

⑦ 姑：姑且。酌：饮。金罍(léi)：用青铜制成的盛酒器。

⑧ 维：发语词。以：凭。

⑨ 冈：同"岗"。

⑩ 玄黄：指马的毛色，以此说明马有病。

⑪ 兕觥(sì gōng)：饮酒器，形似伏着的犀牛。

⑫ 砠(qū)：山中险阻之地。

⑬ 瘏(tú)：马病。

⑭ 痡(pū)：过度疲劳。

⑮ 云何：如何。吁：此处指忧。

　　本诗妙在不直写主人公自己思念妻子家人,而以妻子家人怀念自己的口吻写出,手法可谓别出心裁,想象别具一格。整首诗的"我",其实是主人公自己,但诗的表述方式却导致成为妻子思念想象中的"我",这就使诗的表现力大增,引发了读者的兴味。

　　开首的"采采",既形象生动,又直接显示了人物的心态。两句"我姑酌",起了很好的衬托作用,意谓即便如此,还是难以抑制思念之情,以至于最后只能发出"云何吁矣"的感叹。

　　明何璞谓此诗:"此必大夫行役,其室家念之之诗。"(《樵香小记》)清戴震谓:"《卷耳》,感念于君子行迈之忧劳而作也。"(《诗经补注》)两说虽属旧注,却都言之有理,能切中诗义。

桃　　夭

　　桃之夭夭①,灼灼其华②。之子于归③,宜其室家④。

桃之夭夭,有蕡有实⑤。之子于归,宜其家室。

桃之夭夭,其叶蓁蓁⑥。之子于归,宜其家人。

① 夭夭:茂盛。

② 灼灼:色泽鲜明。华:同"花"。

③ 之子:指这个人,即这个女子。于归:指出嫁。

④ 宜:适宜。室家:指丈夫家。

⑤ 有:用在形容词前的语助词,无义。蕡(fén):肥大之状。
实:果实,即桃子。

⑥ 蓁(zhēn)蓁:茂盛貌。

诗以比兴开篇,以桃比女子,以桃树的花、叶、果实之状态比喻女子出嫁的及时、适宜,形象而又恰到好处,给人以鲜明深刻的印象。

三句"宜其",虽用词有所变化,意思却是同一的,而反复运用的结果,产生了反复强调、重复咏唱的效果,加深了意思的表达。

此诗从内容上看，显然写的是民间嫁娶之事，而非涉宫廷君主贵族，清人魏源《诗序集义》说"《桃夭》，美嫁娶及时也"，可谓一言中的。"桃之夭夭"，正是"及时"之表征，而此"及时"，又恰衬合了诗中反复出现的"宜"。

汉　广

南有乔木，不可休思①。汉有遊女②，不可求思。汉之广矣，不可泳思。江之永矣③，不可方思④。

翘翘错薪⑤，言刈其楚⑥。之子于归⑦，言秣其马⑧。汉之广矣，不可泳思。江之永矣，不可方思。

翘翘错薪，言刈其蒌⑨。之子于归，言秣其驹⑩。汉之广矣，不可泳思。江之永矣，不可方思。

① 休：休息；此处指在乔木的树荫下休息。思：语气词。

② 汉：指汉水。遊：同游。

③ 江：长江。永：长。

④ 方：古称筏子为方。一说"方"释环绕。

⑤ 翘翘：高大之貌。错薪：杂乱的柴草，这里指生于野地的
杂树林。

⑥ 言：乃，就。刈：割。楚：荆条。

⑦ 之子于归：这个女子出嫁。

⑧ 秣（mò）：喂马。

⑨ 蒌：一种植物，可以喂马。

⑩ 驹：小马。

诗篇写一个男子对女子的思念与追求，然而却又追
而不得，于是便唱出了这首以汉水、长江作譬的短歌。

最可注意者，诗中"汉之广矣，不可泳思。江之永
矣，不可方思"两句反复出现三次，汉水的宽阔，长江的

宽广,这是客观事实,其不可渡越,也就表明了事情本身
的不可能成功,作者以此比喻男子对女子的追求难以成
功,在情理上是可以说通的;而诗中三次反复咏叹,更增
加了这种不可能实现的成分,客观上具有深长叹息的
效果。

　　其实诗中的男子只是单相思,因为他所追求的那个
女子,已经出嫁了,他不过是借此吐露一下自己的情感
和心绪而已。像这样属于单相思的咏歌,在《诗经》中
并不鲜见。

召南

野 有 死 麕

　　野有死麕①,白茅包之②。有女怀春③,吉
士诱之④。

　　林有朴樕⑤,野有死鹿。白茅纯束⑥,有女
如玉。

舒而脱脱兮⑦，无感我帨兮⑧，无使尨
也吠⑨。

① 麕(jūn)：兽名，一说獐。死麕，被吉士打死的兽。

② 白茅：一种草，古人常用之包肉类东西。

③ 怀春：指少女产生恋情。

④ 吉士：善良男子，诗中特指对怀春女子有意思的男士。诱：
引诱。

⑤ 朴樕(sù)：一种丛木。

⑥ 纯(tún)束：捆束。纯：同"屯"，捆的意思。

⑦ 舒：缓，徐。脱脱：走路轻慢之状。

⑧ 无感：不要触动、摇动。感，通"撼"。帨(shuì)：佩巾，拴
玉佩等物。

⑨ 尨(máng)：长毛狗。

女子是如玉般的怀春女子——正由于如玉般，故而
吉士一见钟情；正由于怀春，故而吉士一诱即成。整首
诗的描写大胆直露，毫不掩饰，反映了上古时代民间诗

歌的淳朴风格。

最后三句的表现十分有意思,作者以女子的口吻写出,要求吉士到她这儿来时要小心翼翼,怀春女子其时渴望与吉士相会的心态,被和盘托出,令人叫绝。

"吉士",在当时可能属于士阶层,宋人欧阳修《诗本义》以为诗中之"吉士诱之"乃为挑逗引诱行为,故本诗为淫奔之诗。这一看法与朱熹《诗集传》的看法相同。但以今天眼光看,其实对"吉士"的理解未必一定要拘泥于士阶层范围,一般男士亦可,则此诗的涵义大可拓宽。

邶风

式　微

式微式微①,胡不归②？微君之故③,胡为乎中露④？

式微式微,胡不归？微君之躬⑤,胡为乎泥中⑥？

① 式：发语词。微：指天黑，昧。

② 胡：疑问词，为什么，怎么。

③ 微：非。君：指君主，或谓奴隶主。

④ 中露：指露中，即露天。

⑤ 躬：身，这里指本身。

⑥ 泥中：指污泥之中。

　　重章叠咏，在《诗经》中是一个十分重要且广泛运用的艺术手法。本诗中，这一手法体现得更为明显突出——诗虽仅短短二章，寥寥几句，却读来爽口，别具风味，个中意味颇耐人咀嚼。

　　"式微式微，胡不归"重复出现两次，表达了一种急切发问的语态，而发问的目的则是引出"微君之故"——言外之意不言自明。这种有话不明说，而以发问、应答的对话形式道出，体现了作者的艺术匠心。

　　清人方玉润《诗经原始》谓本诗"语浅意深，中藏无限义理，未许粗心人卤莽读过"。此话似道出了本诗的另一深层含义，不过，要体会这层含义，就不能不联系诗歌的创作背景,对此我们今人不免会有一定困难。

简 兮

简兮简兮[①],方将万舞[②]。日之方中[③],在前上处[④]。

硕人俣俣[⑤],公庭万舞。有力如虎,执辔如组[⑥]。

左手执籥[⑦],右手秉翟[⑧]。赫如渥赭[⑨],公言锡爵[⑩]。

山有榛[⑪],隰有苓[⑫]。云谁之思[⑬],西方美人[⑭]。彼美人兮,西方之人兮!

① 简:威仪勇武之貌。一说指鼓声。兮:语气词。

② 方:正要。万舞:一种舞名,先武舞,模拟战术,手执兵器;后文舞,手拿鸟羽和乐器,模拟鸟的春情。

③ 日之方中:日在正午。

④ 在前上处:指舞者是处于前列上头者,是领舞者。

⑤ 硕人:身躯高大者。俣(yǔ)俣:魁梧的样子。

⑥ 辔:马缰绳。组:丝织的宽带,一说指织布。

⑦ 籥(yuè):古代管乐器。

⑧ 秉:执。翟(dí):野鸡的毛羽。

⑨ 赫:颜色红得鲜明。渥:湿润,这里有涂饰意。赭(zhě):
    赭石,赤土。

⑩ 锡:赐。爵:古代一种酒器。锡爵,指赏赐一杯酒。

⑪ 榛:榛树。

⑫ 隰:低湿之地。苓:甘草。

⑬ 云:发语词。一说谓。

⑭ 美人:指舞者。西方美人,意谓舞蹈者是西方人。西方似
    指西周。

　　从诗篇的描述可以见出,舞者是高大魁梧的美男
子,而看上他、赞美他的乃是一位贵族女子。此诗是以
一位贵族女子的观舞角度写出,别具一格。

　　描写舞者的外貌、舞姿,十分形象真切,似有跃然纸
上之感;而写贵族女子的观后心态,则大胆而直率,毫不
掩饰,体现了上古时代民歌的淳朴风格。

此诗为后世留下了专门记述古代"万舞"——一种武舞与文舞相结合的舞蹈资料,是上古时代宝贵的艺术史资料。相传这种"万舞"是上古时代一种大规模的舞蹈,它的表演适用于朝廷和宗庙,只是我们今日已不可见,只能有赖于出土文物的发掘了。

静　女

静女其姝①,俟我于城隅②。爱而不见③,搔首踟蹰④。

静女其娈⑤,贻我彤管⑥。彤管有炜⑦,说怿女美⑧。

自牧归荑⑨,洵美且异⑩。匪女之为美⑪,美人之贻。

① 静:贞静,安详,不轻佻。姝:漂亮。

② 俟:等候。城隅:城之一角,一说城上角楼。

③ 爱:此处指故意隐蔽,爱同"薆"。

④ 搔首：用手搔头。踟蹰：来回走动。

⑤ 娈(luán)：容貌俊俏。

⑥ 贻：赠送。彤(tóng)管：红色的吹奏乐器，一说指笔。

⑦ 炜(wěi)：红色发亮。

⑧ 说：通"悦"。怿：喜。女：同"汝"：指彤管。

⑨ 牧：郊外。归：即馈，赠送。荑：白茅。

⑩ 洵：真，确实。

⑪ 匪：非。女：同"汝"，指荑。

　　诗中的静女，无疑是一位理想的恋人，静者，已表明了她的品质，加上"姝"，则两全其美了。静女对心中喜欢的男子所表现出来的动作、神态、心理，诗中的描写可谓惟妙惟肖、呼之欲出，尤其是"爱而不见，搔首踟蹰"，令人拍案叫绝！

　　诗中爱情信物的描写，体现了男女主人公对爱情的真诚与执着，这种以物表情的手法，在这里显得自然而又贴切，既极好地突出了诗的主题，又开启了后世描写爱情的新手法。

对本诗的理解,二十世纪上半叶引发过一番争论,顾颉刚主编的《古史辨》(第三册)曾有记载。

邶风

柏　　舟

泛彼柏舟^①,在彼中河^②。髧彼两髦^③,实维我仪^④。之死矢靡它^⑤。母也天只^⑥,不谅人只^⑦!

泛彼柏舟,在彼河侧。髧彼两髦,实维我特^⑧。之死矢靡慝^⑨。母也天只,不谅人只!

① 柏舟:柏木船。

② 彼:那。中河:河中。

③ 髧(dàn):头发下垂的样子。髦(máo):发辫,一说头发分向两边梳。

④ 维:是。仪:配偶。

⑤ 之：至。矢：誓。靡它：无别的心思，指不嫁别人。

⑥ 只：语气词。

⑦ 谅：体谅，谅解。

⑧ 特：指配偶。

⑨ 慝(tè)：更改。

　　此诗显然是一首古代女子对于婚嫁态度的誓词，表现了她对爱情婚姻的自主立场与决心。最令人可敬而又可惊的是，诗中女子竟然喊出了"母也天只，不谅人只"，这是何等的不易。在那个时代，女子出嫁已须听从父母之命，而此女子却敢冒大不韪，真是一位天不怕、地不怕的纯情女子，可歌可颂。

　　《诗经》中载录这首诗，让后世读者看到了上古时代人们对自由恋爱、自主婚姻的态度表现，这是难得的民俗资料。

桑　　中

爱采唐矣^①？沬之乡矣^②。云谁之思^③？

美孟姜矣④。期我乎桑中⑤，要我乎上宫⑥，送我乎淇之上矣⑦。

爰采麦矣？沬之北矣。云谁之思？美孟弋矣。期我乎桑中，要我乎上宫，送我乎淇之上矣。

爰采葑矣⑧？沬之东矣。云谁之思？美孟庸矣。期我乎桑中，要我乎上宫，送我乎淇之上矣。

① 爰：何处，哪里。唐：棠树之果，梨的一种。

② 沬：水名，在卫国（大致在今河南）境内。

③ 云谁之思：你说想的是谁。

④ 美孟姜：美人孟姜。

⑤ 期：约会。乎：于，在。桑中：桑林中，一说卫国的桑间地。

⑥ 要：同"邀"。上宫：卫国的地名。

⑦ 淇：水名，在卫国境内。

⑧ 葑：芜菁，一说萝卜。

诗每章开首的"爰采唐(麦、葑)矣",恐怕只是一种借口或托辞,或谓纯属兴起之句,关键在于思美人——孟姜、孟弋、孟庸。正因此,历来注此诗者多谓此诗乃刺贵族男女淫乱之作。不过,退而思之,假如诗中不出现美女的具体姓名,那么此诗又何妨不可作为民间青年男女大胆勇敢的私下相会之词呢?民歌中歌咏这类男女约会,期待送往,应该是习以为常的。

方玉润《诗经原始》说此诗:"三人、三地、三物,各章所咏不同,而所期所要所送之地则一。板中寓活。"倒也点中了此诗的特点。

诗中所称"我",其实未必是诗人自我,可以是借托者,这是诗歌创作的寻常之理,读者完全可不必拘泥。

相　　鼠

相鼠有皮①,人而无仪②。人而无仪,不死何为?

相鼠有齿,人而无止③。人而无止,不死

何俟④?

相鼠有体⑤,人而无礼。人而无礼,胡不遄死⑥?

① 相：视,瞧。

② 仪：礼仪。一说通"义"。

③ 止：通"耻"。

④ 俟：等。何俟,等待什么。

⑤ 体：肢体。

⑥ 胡：何。遄（chuán）：速,快。

诗篇应该说是通俗易懂,明白如话的。全诗以几近今日白话的语句,通过极为形象贴切的比喻,告诫人们做人的真谛：人要有仪、有止、有礼——也即人要讲究义、耻、礼。

用鼠的有皮、有齿、有体作比方,既生动又具感性化,且给人印象鲜明、深刻。试想,人若连鼠都不如,还能算人吗? ——话说到了极致,比喻也达到了极致,而诗篇所要告诉人们的真理,也就在这极致之中自然寄寓了。

此诗《毛诗小序》点中题旨——"刺无礼也"。可见《毛诗小序》(以下均简称《诗序》)也未必都不可取,问题是应结合诗篇的实际内容。

卫风

淇　奥

瞻彼淇奥①,绿竹猗猗②。有匪君子③,如切如磋④,如琢如磨⑤。瑟兮僴兮⑥,赫兮咺兮⑦。有匪君子,终不可谖兮⑧。

瞻彼淇奥,绿竹青青。有匪君子,充耳琇莹⑨,会弁如星⑩。瑟兮僴兮,赫兮咺兮,有匪君子,终不可谖兮。

瞻彼淇奥,绿竹如箦⑪。有匪君子,如金如

锡,如圭如璧。宽兮绰兮^⑫,猗重较兮^⑬,善戏
谑兮,不为虐兮^⑭。

① 瞻:看,瞧。彼:那。淇:卫国水名。奥:水曲处。

② 猗猗:美盛貌。

③ 匪:通"斐",文雅,一说有文彩。

④ 切:用刀切断。磋:用锉锉平。

⑤ 如琢如磨:喻人在品德修养方面精益求精。琢,用刀雕刻。
磨,用石磨光。

⑥ 瑟:庄重,严正。僩:威严,勇猛。

⑦ 赫:明。咺:通"烜",盛大,宽广。

⑧ 谖(xuān):忘。

⑨ 充耳:悬于两鬓的耳坠子。琇莹:美玉光润。

⑩ 会弁(kuài biàn):缀合在帽上的美玉。

⑪ 箦(zé):形容密。

⑫ 宽:宽容。绰:和缓、柔和。

⑬ 猗:倚,依靠。较:古代车子上的车耳,人立车上可用手
攀依。

⑭ 虐:刻薄伤人。

一首歌颂文雅君子的诗,《诗序》明确指出歌颂卫武公,后人一般不疑。

确实,诗中所咏这位君子,既有庄重威严的外表,又有宽广的胸怀,宽容的性格,令人不能不对他加以赞美。

诗的每章开首以绿竹起兴,似有寓意,那绿竹的美盛、青绿、茂密,正影射了文雅君子——卫武公的美德、美行;而对他冠带上美玉装饰的描画,则更增添了他的美仪,这是外表与内在统一美的体现。

"如切如磋"、"如琢如磨",诗中是用来形容文雅君子的,而今则被人们用在形容对事物的认真推敲,对学问的精深追求上了——这是《诗经》语言至今仍具生命力的生动体现,由此亦可见出《诗经》的价值。

硕　　人

硕人其颀①,衣锦褧衣②。齐侯之子③,卫侯之妻,东宫之妹④,邢侯之姨,谭公维私⑤。

手如柔荑⑥,肤如凝脂⑦。领如蝤蛴⑧,齿

如瓠犀⑨。螓首蛾眉⑩, 巧笑倩兮⑪, 美目
盼兮⑫。

硕人敖敖⑬, 说于农郊⑭。四牡有骄⑮, 朱
帻镳镳⑯, 翟茀以朝⑰。大夫夙退⑱, 无使
君劳⑲。

河水洋洋, 北流活活⑳。施罛濊濊㉑, 鳣鲔
发发㉒, 葭菼揭揭㉓, 庶姜孽孽㉔, 庶士有朅㉕。

① 硕人: 美人, 一说高大之人。颀(qí): 身长貌。

② 衣: 第一个衣念去声, 动词; "穿"的意思。褧(jiǒng): 古代
  女子出嫁途中穿在锦衣外面的罩衫, 用麻纱制成。

③ 子: 这里指女儿。《礼·丧服传》注:"凡言子者, 可以兼
  男女。"

④ 东宫: 古代太子住在东宫, 故称太子为东宫。

⑤ 谭公: 谭国君主。维: 是。私: 女子称姐妹之夫婿为私。

⑥ 荑: 初生的白茅嫩芽。

⑦ 凝脂: 凝结的膏脂。

⑧ 领: 脖颈。蝤蛴(qiú qí): 一种虫名, 幼虫时身圆而白。

⑨ 瓠(hù)犀：葫芦籽，洁白而整齐。

⑩ 蓁(qín)首：额头像蓁额，宽广而方正。蓁，似蝉而小。蛾眉：眉毛像蚕蛾，细长而弯曲。

⑪ 倩：人笑时两腮出现的酒窝。

⑫ 盼：眼睛黑白分明。

⑬ 敖敖：身材高大的样子。

⑭ 说：通"税"，停车卸马，停息。

⑮ 牡：公马。骄：马高大健壮。

⑯ 朱帻(fén)：红色的飘带（系在马衔两边的布巾或绸巾）。镳镳：此指飘飘，一说盛貌。

⑰ 翟(dí)：野鸡。茀(fú)：遮盖车的装饰物。翟茀，以野鸡尾羽装饰的车子。以朝：以此上朝。

⑱ 夙：早。

⑲ 君：此指女君，即国君夫人，硕人。

⑳ 活活：流水声。

㉑ 施：设置。罛(gū)：渔网。濊(huò)濊：撒网入水的声音。

㉒ 鳣(zhān)：大鲤鱼。一说黄鱼。鲔(wěi)：鱼名。发(bō)发：鱼跳动之声。

㉓ 葭：芦。菼：荻。揭揭：高貌。

㉔ 庶姜：众姜姓女子。孽孽：衣饰华丽。

㉕ 庶士：众士臣。朅：英武貌。

从本诗内容看，《诗序》所揭诗旨应该说大致不差，这是卫国人赞美庄姜初嫁卫庄公时的颂歌。

诗中第二章对庄姜美貌的描画，堪称中国文学史上最早的描写美女的文字，对后世文学创作影响很大。这段描写，绝妙而又逼真地刻画了庄姜——这位硕人的倾国美貌，她的手、皮肤、脖颈、牙齿、额头、眉毛、酒窝、眼睛，加上之前的"顾"和之后的"敖敖"，展示在读者面前的绝对是一位令人眼睛一亮的绝世佳人，其比喻、形容之形象、贴切，可谓入木三分、惟妙惟肖，俨然一幅美女图。

当然整首诗所叙述的这位美女的身份、地位、排场、气派，也是令人叹为观止的。

有将"硕人"释为身材高大者，恐怕在此首诗中，硕人还是释为美人为好，因为诗中两次出现了描述其身材高大之词："硕人其颀"、"硕人敖敖"——颀、敖敖均为高大之义。

木　瓜

　　投我以木瓜^①，报之以琼琚^②。匪报也^③，永以为好也。

　　投我以木桃^④，报之以琼瑶^⑤。匪报也，永以为好也。

　　投我以木李^⑥，报之以琼玖^⑦。匪报也，永以为好也。

① 木瓜：一种瓜果，淡黄色，有香气。

② 琼琚：珍美的佩玉。

③ 匪：非。

④ 木桃：桃子。

⑤ 琼瑶：珍美的佩玉。

⑥ 木李：李子。

⑦ 琼玖：珍美的佩玉。

此诗是《诗经》中运用重章叠句手法的典型作品。全诗三章,除前后三种"木瓜(桃、李)""琼琚(瑶、玖)"置换外,句式、语词均不变,反复咏叹的气息甚浓。

"投桃报李"成语的最早出处应该是此诗,虽然这个成语的涵义现在已大大拓宽了原诗中仅表示男女爱情的范围。但本诗中那信誓旦旦的"永以为好也"的表达,却是十分令人感动而又敬佩的,它至今仍有现实意义。

《诗序》对此诗的诠释大旨不差,那就是说齐桓公救卫国,使复其国,卫人于是想来好好报答他。

王风

黍　离

彼黍离离①,彼稷之苗②。行迈靡靡③,中心摇摇④。知我者,谓我心忧,不知我者,谓我何求。悠悠苍天,此何人哉⑤?

彼黍离离,彼稷之穗。行迈靡靡,中心如

醉。知我者,谓我心忧,不知我者,谓我何求。
悠悠苍天,此何人哉?

彼黍离离,彼稷之实。行迈靡靡,中心如
噎⑥。知我者,谓我心忧,不知我者,谓我何求。
悠悠苍天,此何人哉?

① 黍:小米。离离:繁茂。
② 稷:谷子。
③ 迈:行。靡靡:步履缓慢。
④ 摇摇:心神不定。
⑤ 此何人哉:这是什么人啊。
⑥ 噎:食物堵在喉咙里。

对于历史上的王朝更迭,人间的世事变化,诗歌往
往会借以发出咏叹,一抒诗人对此的感怀。本诗应属这
方面题材内容的早期发轫之作。

最值得玩味、吟诵的是诗中三次反复出现"知我
者,谓我心忧,不知我者,谓我何求。悠悠苍天,此何人

哉"？这"知我者,谓我心忧,不知我者,谓我何求"本身是客观写实,但由于真切而又传神地传达出了此时此刻主人公(或谓诗人)的真实心境,因而极易激发读者的共鸣——尤其是有过类似感受或经历的文人。可以说,这两句话是特定环境条件下人的必然心声的吐露,因而它在后代传颂甚广,直至二十一世纪的今天。

《诗序》所说,道出了本诗感叹世道崩坏、沧桑变化之旨:"闵宗周也。周大夫行役,至于宗周,过故宗庙宫室,尽为禾黍。闵周室之颠覆,彷徨不忍去,而作是诗也。"

采 葛

彼采葛兮①,一日不见,如三月兮。
彼采萧兮②,一日不见,如三秋兮。
彼采艾兮③,一日不见,如三岁兮。

① 葛:植物名,其纤维可织布。

② 萧：植物名，蒿类。

③ 艾：植物名，可制药品。

  反复咏叹、层层递进，是本诗最大的特色。本来，"一日不见，如三月兮"，其比喻夸张已够说明问题了，但诗作还要重复递进，并一层比一层更厉害，由"三月"而"三秋"、"三岁"，极言其思念之切。男子对所恋女子的挚爱之深、之切，于此毕现。

  全诗明白如话，读来琅琅上口，是一首朴素而又感情真切的小诗。

  不过，诗中亦有瑕处，它未言明主人公何故相思如此迫切之缘由，只是强调突出了思念之切——以极度夸张之语说出。当然，作为诗歌，贵在言简而含蓄，不必和盘托出，但毕竟全诗只有短短三章，每章三句，除"采葛"、"采萧"、"采艾"外，别无他词，让读者不免费猜。

郑风

将　仲　子

　　将仲子兮①，无逾我里②，无折我树杞③。岂敢爱之④？畏我父母。仲可怀也⑤，父母之言，亦可畏也。

　　将仲子兮，无逾我墙，无折我树桑。岂敢爱之？畏我诸兄。仲可怀也，诸兄之言，亦可畏也。

　　将仲子兮，无逾我园，无折我树檀。岂敢爱之？畏人之多言。仲可怀也，人之多言，亦可畏也。

① 将(qiāng)：请，一说发语词。仲子：人名，指男子。
② 逾：跳过，越过。里：宅院。
③ 杞：一种树木名。树杞，即杞树。
④ 岂敢：哪敢。

⑤ 怀：怀念，思念。

这是一位钟情女子不得已唱出的劝慰歌。她心中毫无疑问是爱那位仲子男士的，不然她不可能反复唱道"仲可怀也"；然而，世俗的舆论压力实在太大了，她害怕父母之言、诸兄之言、人之多言。不能说这位女子没有勇气和胆量冲破封建婚姻的樊篱，因为毕竟时代和各方面条件决定了她不可能自主婚姻、自由恋爱，须知，她毕竟是那个社会条件下的一个弱女子啊！

从这首诗，我们真实地看到了封建婚姻对普通女子的压抑与迫害，她们没有自己选择配偶的自由，她们只能借助于诗歌，唱出自己迫不得已的无可奈何的心声。可以想象，那位深爱着她的仲子青年，听了她的无可奈何的歌唱，一定心如刀绞，却又无能为力。

像这样迫于社会舆论及家庭压力，而不得不违背自己个人主观意愿，忍痛割爱的例子，在上古时代恐怕屡见不鲜，本诗可以说是一个典型之例，它浓缩地反映了当时的时代。

狡　童

　　彼狡童兮①，不与我言兮。维子之故②，使我不能餐兮。

　　彼狡童兮，不与我食兮③。维子之故，使我不能息兮。

① 彼：那个。狡童：指女子所恋的男子，狡，这儿有责怪之意。

② 维：是。

③ 食：这里指性交，释为吃饭，误。

　　全诗仅两章，短小精悍，然人物的埋怨、焦灼心态却表现得淋漓尽致，由此衬托出痴情女子对那个"狡童"的深情挚爱。短诗的一章描述食不甘味——"使我不能餐兮"，二章描述寝不安席——"使我不能息兮"，少女的神情、心态、表现，栩栩如生，跃然纸上。

　　朱熹认为此诗属淫诗，《朱子语类》有云："郑、卫皆淫奔之诗,《风雨》、《狡童》皆是。"对所谓"淫诗"说,我们今人应予以实事求是的分析判断。上古时代的民歌,真实地反映表现普通青年男女的相悦相好,乃是人情的正常表露、人性的正常需要,不能一概用封建道德观加以封杀。对于朱熹的所谓"淫诗说",应给以正确的评判。

风　雨

风雨凄凄,鸡鸣喈喈①。既见君子,云胡不夷!②

风雨潇潇,鸡鸣胶胶③。既见君子,云胡不瘳④!

风雨如晦⑤,鸡鸣不已⑥。既见君子,云胡不喜!

① 喈(jiē)喈:鸡鸣叫声。

② 云胡:如何,怎么。夷:通"怡",喜悦。

③ 胶胶：鸡鸣叫声。

④ 瘳（chōu）：乐的意思。一说病愈。

⑤ 晦：黑暗。

⑥ 已：止。

　　本诗是一首怀人之作。诗人于风雨之夜，怀念君子，既而见之，喜极而作。全诗以风雨的环境、背景条件，衬托见到君子后的喜悦心情，实在是极妙的匠心所运。《诗序》说"乱世则思君子不改其度焉"似更有意味，即其将"乱世"以"风雨"作譬，"风雨"大盛之日，见到君子，依然极为欣喜，可见其对君子的"不改其度"，真情实意溢于言表。本诗的语言运用也十分逼真、形象，一系列象声词的运用，恰到好处地刻画了人物的心理状态，取得了言有尽而意无穷的效果。

　　从诗本身看，我们今天恐很难接受朱熹在《诗集传》中对此诗所下的结论——"风雨晦冥为淫奔之诗"。

出 其 东 门

出其东门,有女如云①。虽则如云,匪我思存②。缟衣綦巾③,聊乐我员④。

出其闉阇⑤,有女如荼⑥。虽则如荼,匪我思且⑦。缟衣茹藘⑧,聊可与娱⑨。

① 如云:比喻众多。

② 匪:非。存:存在,所在。一说思念。

③ 缟衣:白色的绢衣。綦(qí)巾:浅绿或青色的围裙。

④ 聊:且。员:同"云",语气词。

⑤ 闉阇(yīn dū):城门外另筑的半环形墙,叫瓮城,又名城闉。

⑥ 荼(tú):茅、芦类的白花。如荼,比喻众多。

⑦ 且:同"存"。

⑧ 茹藘:麻制的绛色大巾。

⑨ 与娱:与之欢娱。

面对如云如荼的女子——其中肯定不乏年轻美貌者,而主人公却丝毫不为所动,他心中只是思念着那位穿戴白色绢衣和青色围裙的女子,认为只有她才会给自己带来欢乐。这样的男子,在那个时代应该属难能可贵,而诗篇对他大加颂扬,也反映了诗作者本身的立场,所以令人钦敬。

《诗经》中不少篇反映了上古时代的爱情内容,它们从各个侧面表现了当时人们对爱情的态度与表现,本诗可以说是其中一个侧面。

清人王先谦《诗三家义集疏》对本诗中的"东门"所注,颇有道理,说明了为什么"东门"地方会"有女如云(如荼)"的:"郑城西南门为溱、洧二水所经,故以东门为游人所集。"正因为"溱、洧二水所经"西南门,故而东门之外十分繁华,游人如织,往来女子自然"如云"、"如荼"了。

野　有　蔓　草

野有蔓草,零露漙兮①。有美一人,清扬婉

兮^②。邂逅相遇^③,适我愿兮。

　　野有蔓草,零露瀼瀼^④。有美一人,婉如清
扬。邂逅相遇,与子偕臧^⑤。

① 零露:一颗颗落下的露珠。泞:圆状。

② 清扬:眉目清秀。婉:美好。

③ 邂逅:不期而遇。

④ 瀼(ráng)瀼:露珠多。一说露珠圆大。

⑤ 子:你。臧:通"藏"。偕臧,此指在一块游戏欢乐。

　　以散落在野地蔓草上的颗颗露珠,比兴眉目清秀、
容貌姣好的女子,给人鲜明生动的印象,而那女子"适
我愿",自然也就在情理之中了。这种一见钟情式的男
女相悦,古往今来的例子甚多。虽然是"邂逅相遇",但
双方均有好感,都生爱意,那么"与子偕臧"也就自然而
然了。诗篇读来清新自然,毫无牵强、做作之感。

　　朱熹《诗集传》对此诗斥为淫诗,清人毛奇龄《白鹭
洲主客说诗》予以驳斥。此诗《诗序》所言倒颇切中诗

旨:"男女失时,思不期而会焉。"

魏风

伐　　檀

　　坎坎伐檀兮[①],置之河之干兮[②],河水清且
涟猗。不稼不穑[③],胡取禾三百廛兮[④]? 不狩
不猎,胡瞻尔庭有悬貆兮[⑤]? 彼君子兮,不素
餐兮[⑥]!

　　坎坎伐辐兮,置之河之侧兮,河水清且直
猗[⑦]。不稼不穑,胡取禾三百亿兮[⑧]? 不狩不
猎,胡瞻尔庭有悬特兮[⑨]? 彼君子兮,不素
食兮!

　　坎坎伐轮兮,置之河之漘兮[⑩],河水清且沦
猗[⑪]。不稼不穑,胡取禾三百囷兮[⑫]? 不狩不
猎,胡瞻尔庭有悬鹑兮[⑬]? 彼君子兮,不素

飧兮！

① 坎坎：伐木声。檀：木名。

② 干：岸。

③ 稼：耕种。穑(sè)：收割。

④ 禾：谷子。廛(chán)：农民住的房。"三百廛"即取三百户农家的谷子。此言其多,不一定是确指。下文同此。

⑤ 胡：为何。瞻：瞧,看。尔：你。貆(huān)：兽名,即獾。

⑥ 素餐：白吃饭,不劳而食。

⑦ 直：指水流直。猗：语气词,上同。

⑧ 亿：指粮食多,具体涵义与今日不同。

⑨ 特：大兽。

⑩ 漘(chún)：河边。

⑪ 沦：水涡,波纹。

⑫ 囷(qūn)：圆形粮仓。

⑬ 鹑：鹌鹑。

劳动者在砍伐树木的劳作过程中,对那些"不稼不穑"、"不狩不猎"的不劳而获的统治者们,发出了不平的愤慨呼声。诗篇充满了激情,字里行间透出的是劳动者的不满与蔑视。应该说,此诗写出了上古时代剥削者与被剥削者之间的不平等,画出了那些寄生虫们的丑恶嘴脸。此诗堪为上古时代社会实际生活的真实写照,对于我们今天了解当时社会状况甚有助益。

《诗序》说此诗"刺贪","在位贪鄙,无功而食禄",可谓点到实处,而朱熹《诗辨说》说《诗序》"失其旨矣",应是误断。汉宋诗学在对具体三百篇诗旨的解析上,多存歧异,或此说是,或彼说是,不能一概而论。

硕　　鼠

硕鼠,硕鼠①,无食我黍。三岁贯女②,莫我肯顾③。逝将去女④,适彼乐土⑤。乐土乐土,爰得我所⑥。

硕鼠,硕鼠,无食我麦。三岁贯女,莫我肯德⑦。逝将去女,适彼乐国。乐国乐国,爰得我直⑧。

　　硕鼠,硕鼠,无食我苗。三岁贯女,莫我肯
劳^⑨。逝将去女,适彼乐郊。乐郊,乐郊,谁之
永号^⑩。

① 硕鼠:田鼠。硕,大。

② 三岁:三年,三是虚指。贯:养,侍奉。女:通“汝”,指
　　硕鼠。

③ 顾:照顾。此句谓不肯照顾我。

④ 逝:通“誓”。去:离开。

⑤ 适:往。彼:那。

⑥ 爰:乃,于是。所:处所。

⑦ 德:恩德。

⑧ 直:通“值”。

⑨ 劳:慰劳。

⑩ 永:长。号:哭。

　　作者将不劳而食的剥削者比喻成大老鼠,用直接呼
唤、劝说的方式,通过揭露它们无情吞食田地上的庄稼

(黍、麦、苗)却不肯照顾、慰劳辛勤耕耘的劳动者的罪恶行径,刻画了剥削者贪得无厌的丑恶嘴脸——硕鼠正是他们的真实写照。

本诗在写法上不同于《伐檀》,同样是揭露、控诉,却显出同工异曲之妙,显示了作者的艺术匠心。

《诗序》对本诗诗义的概括可谓切中要害:"刺重敛也。国人刺其君重敛,蚕食于民,不修其政,贪而畏人若大鼠也。"以大鼠比喻重敛,形象贴切,给人深刻印象,是本诗在艺术修辞手法上的一个创造。

秦风

蒹 葭

蒹葭苍苍①,白露为霜。所谓伊人②,在水一方③。溯洄从之④,道阻且长。溯游从之,宛在水中央⑤。

蒹葭凄凄⑥,白露未晞⑦。所谓伊人,在水

之湄⑧。溯洄从之，道阻且跻⑨。溯游从之，宛在水中坻⑩。

蒹葭采采⑪，白露未已⑫。所谓伊人，在水之涘⑬。溯洄从之，道阻且右⑭。溯游从之，宛在水中沚⑮。

① 蒹葭(jiān jiā)：草名，芦荻。苍苍：青色，一说盛貌。

② 伊人：这个人，意中人。

③ 方：边。

④ 溯洄：逆着水流向上走，是陆行不是水行。

⑤ 宛：宛然，分明。

⑥ 凄凄：茂盛貌。

⑦ 晞：晒干。

⑧ 湄：水边。

⑨ 跻(jī)：登高，此处指难以攀高。

⑩ 坻(chí)：水中小沙洲。

⑪ 采采：茂盛。

⑫ 未已：未止。

⑬ 涘(sì)：水边。

⑭ 右：迂回弯曲。

⑮ 沚：水中沙滩。

　　此诗《诗序》所解显然有误,诗作分明清楚地写出了诗人(或主人公)欲见秋水伊人而终不得见的心情与结果,清人王照圆《诗问》说得对:"《蒹葭》一篇最好之诗,却解作刺襄公不用周礼等语,此前儒之陋,而《小序》误之也。"

　　全诗意蕴委婉,描摹真切,给人一种朦胧美感,似有言尽意未尽之味。诗中三章反复"溯洄"、"溯游",有一唱三叹之效,而那"宛在水中央(水中坻、水中沚)"的"伊人",却始终"犹抱琵琶半遮面",可望而不可即,这大大增加了诗的内涵魅力,读之令人心向神往。

无　衣

　　岂曰无衣①,与子同袍②。王于兴师③,修

我戈矛,与子同仇。

岂曰无衣,与子同泽④。王于兴师,修我矛戟,与子偕作⑤。

岂曰无衣,与子同裳。王于兴师,修我甲兵,与子偕行。

① 岂曰:难道说。

② 同袍:同穿战袍。

③ 于:曰。兴师:出兵。

④ 泽:士兵的内衣,又称汗衣。

⑤ 偕作:一同干。

这仿佛是一首士兵出征歌,唱出了士兵们同仇敌忾,誓与君王同生死的气概。四言一句,干脆利落,给人一气呵成之感;每一句都言之有意,绝不拖泥带水,体现了士兵的豪迈刚强之气。

写战争,但不直接表现战争,而是从一个侧面予以反映表现,是作者的匠心独运之处。《诗经》中表现战

争的篇章不少,各各角度不一,表现手法不一,或直接铺
陈,或间接抒情,从不同侧面烘托出当时人们对战争的
态度,其对后世的诗歌创作不无启迪。

陈风

月　　出

月出皎兮①,佼人僚兮②。舒窈纠兮③,劳
心悄兮④。

月出皓兮⑤,佼人懰兮⑥。舒忧受兮⑦,劳
心慅兮⑧。

月出照兮,佼人燎兮⑨。舒夭绍兮⑩,劳心
惨兮⑪。

① 皎:洁白,指月光。

② 佼人:美人。僚:俏。

③ 舒:徐。窈纠:指佼人体态苗条。

④ 劳心:忧心。悄:忧,恼。

⑤ 皓:洁白。

⑥ 㑪(liú):娇美,妖冶。

⑦ 忧(yōu)受:指佼人走路姿态优美。

⑧ 慅(cǎo):忧愁。

⑨ 燎:燃烧(指热情),一说指明(人为月光所照)。

⑩ 夭绍:指佼人体态美妙。

⑪ 惨:不安,躁动。

　　写一月下美人,她的美貌,她的体态,在月光照耀下,显得婀娜多姿、仪态万方,仿佛仙姿摇曳,若隐若现,充满了神秘感和朦胧美。全诗仿佛披上了一层如梦幻般的柔白曼纱,给人一种虚无缥缈的美感,人们透过明洁的月光,似乎看到了一幅绝世佳人图,美不胜收。

　　妙在三章的"劳心"三句,这显然是诗人或诗中主人公的亲身感受,他的反应极为真切地反衬了"佼人"在月下的诱人之美——这不啻是打动读者的关键。

此诗对后世诗歌创作的影响不可小视，《焦氏笔乘》有谓："《月出》，见月怀人，能道意中事。太白《送祝八》……子美《梦太白》……常建《宿王昌龄隐处》……王昌龄《送冯六元二》……此类甚多，大抵出自《陈风》也。"意即这些后代诗人所作诗歌，都受了《诗经》"陈风"（包括《月出》）的影响。

豳风

七 月

七月流火①，九月授衣②。一之日觱发③，二之日栗烈④。无衣无褐⑤，何以卒岁⑥？三之日于耜⑦，四之日举趾⑧。同我妇子，馌彼南亩⑨，田畯至喜⑩。

七月流火，九月授衣。春日载阳⑪，有鸣仓庚⑫。女执懿筐⑬，遵彼微行⑭，爰求柔桑⑮。春日迟迟⑯，采蘩祁祁⑰。女心伤悲，殆及公子同归⑱。

七月流火，八月萑苇⑲。蚕月条桑⑳，取彼斧斨㉑。以伐远扬㉒，猗彼女桑㉓。七月鸣鵙㉔，八月载绩㉕。载玄载黄㉖，我朱孔阳㉗，为公子裳。

四月秀葽㉘，五月鸣蜩㉙。八月其获㉚，十月陨萚㉛。一之日于貉㉜，取彼狐狸，为公子裘。二之日其同㉝，载缵武功㉞。言私其豵㉟，献豜于公㊱。

五月斯螽动股㊲，六月莎鸡振羽㊳。七月在野，八月在宇㊴，九月在户，十月蟋蟀入我床下㊵。穹窒熏鼠㊶，塞向墐户㊷。嗟我妇子，曰为改岁㊸，入此室处。

六月食郁及薁㊹，七月亨葵及菽㊺。八月剥枣，十月获稻。为此春酒㊻，以介眉寿㊼。七月食瓜，八月断壶㊽，九月叔苴㊾。采荼薪樗㊿，食我农夫。

九月筑场圃(51),十月纳禾稼(52)。黍稷重穋(53),禾麻菽麦。嗟我农夫!我稼既同(54),上入执宫功(55)。昼尔于茅(56),宵尔索绹(57)。亟其乘屋(58),其始播百谷。

二之日凿冰冲冲(59),三之日纳于凌阴(60)。四之日其蚤(61),献羔祭韭(62)。九月肃霜(63),十月涤场(64)。朋酒斯飨(65),曰杀羔羊。跻彼公堂(66),称彼兕觥(67),万寿无疆!

① 流火:火,又称大火,星名,即心宿;流,即流下去;每年夏历五月黄昏时候火星在天空正中最高位置,过了六月便偏西斜下去了。

② 授衣:将裁制冬衣工作交给女工。

③ 一之日:指十月以后第一个月,即十一月。以下“二之日”、“三之日”依次此意。觱(bì)发:大风吹物发出的声音。

④ 栗烈:凛冽,寒气刺骨。

⑤ 褐:布衣,粗麻衣。

⑥ 卒：终了。卒岁，怎么过完这年。

⑦ 于耜：修理农具。耜是耕田翻土农具，一说犁。

⑧ 举趾：去耕田。趾，足。

⑨ 馌(yè)：送饭。南亩：南北向的田垄。

⑩ 田畯：监管农事的田官。

⑪ 载阳：开始温暖。

⑫ 仓庚：鸟名，即黄莺。

⑬ 懿筐：深筐。

⑭ 遵：沿着。微行：小道。

⑮ 爰：乃，于是。柔桑：指初生的嫩桑叶。

⑯ 迟迟：缓缓，指日长了。

⑰ 蘩：白蒿。祁祁：众多。

⑱ 殆：害怕。

⑲ 萑(huán)苇：割苇(芦荻)。

⑳ 蚕月：夏历三月，养蚕的月份。条：挑选。

㉑ 斨(qiāng)：方孔的斧。

㉒ 远扬：指长得大而高的枝条。

㉓ 猗：即"掎"，用手拉桑枝采叶，一说摘取。女桑：嫩桑。

㉔ 鵙(jú)：鸟名，即伯劳。

㉕ 载绩：载，就，则；绩，织。

㉖ 玄：赤黑色。

㉗ 朱：红色。孔阳：很鲜明。

㉘ 秀葽：葽，植物名，即远志，此句说远志结实。

㉙ 蜩：蝉。

㉚ 获：收获庄稼。

㉛ 陨：落下。萚：木名。陨萚，指草木枯落。

㉜ 于貉（hè）：猎貉，一说举行貉祭。貉形似狐。

㉝ 同：聚合，指结队去打猎。

㉞ 缵：继续。武功：指打猎。

㉟ 言私其豵：小兽归猎者私有。豵，一岁小兽。

㊱ 豜（jiān）：三岁大兽。公：指农奴主。

㊲ 斯螽（zhōng）：虫名，一说蚱蜢。动股：两股相切，发出鸣声。

㊳ 莎（suō）鸡：纺织娘。振羽：鼓翅发声。

㊴ 宇：屋檐。

㊵ "七月"四句：均写蟋蟀。

㊶ 穹：空，指洞穴。窒：塞。

㊷ 向：北窗。墐：用泥抹。户：柴竹编成的门。

㊸ 曰：发语词。一说"说"。改岁：即过年。

㊹ 郁：植物名，果实像李子。薁（yù）：植物名，果实大如桂圆。一说野葡萄。

㊺ 亨：烹。葵：冬葵，古代蔬菜之一，一说冬苋菜。菽：豆。

㊻ 春酒：用枣和稻酿酒，冬酿春成。

㊼ 以介（gài）眉寿：去给老人祝寿。介，求。眉寿，即长寿。

㊽ 断：摘断蔓。壶：瓠，葫芦。

㊾ 叔：拾。苴：一种麻，其籽可食。

㊿ 荼：苦菜。樗（chū）：臭椿；薪樗，砍臭椿为柴。

(51) 场圃：场是打谷的场地，圃是菜园子。

(52) 纳：收纳、缴纳。

(53) 黍稷重穋：均为粮食作物。

(54) 我稼既同：我们把庄稼都已齐拢。

(55) 上入：到奴隶主家去。执：做。宫功：建筑宫室，此指室内事。

(56) 昼：白天。尔：助词。于茅：打茅草。

(57) 宵：夜间。索：用手搓。绹：绳。

(58) 亟：急。乘屋：修理屋子。

(59) 冲冲：凿冰的声音。

(60) 凌阴：冰窟。

(61) 蚤：早。

(62) 韭：韭菜。此句说用羔羊和韭菜祭祖敬神。

(63) 肃霜：秋高气爽。

(64) 涤场：清扫场地，一年农事结束。一说草木摇落。

(65) 朋酒：两壶酒，或一樽又一樽酒。飨：以酒食款待人。

(66) 跻：登。

(67) 称：举。兕觥：古代一种饮酒器。

《七月》历来被认为是反映西周春秋时代奴隶和农夫受压迫、剥削，而又一年到头劳作不止的真实写照，它真实记录了当时生活于底层的人们辛勤耕耘、辛苦劳动，却仍饥寒交迫的困窘之状，令人读之不禁要一洒同情怜悯之泪。

真实，具体，刻画细微，是本诗最大的特色。诗不惜以较长篇幅，按年岁的时间顺序，一一展示从春到冬，从年初到岁尾奴隶和农夫们繁重、琐碎的劳务，而且这样的农活、杂务是一年忙到头，年复一年，永无休止，没有尽头；不仅如此，他们还要含着眼泪，贡奉贵族老爷，为他们祝寿祝福。鲜明的对照,深刻的揭露,使本诗成了后人了解上古时代社会真实生活状况的最好史料,极具民俗价值与史料价值。

二、雅

雅为何义？《诗大序》说："雅，正也，言王政之所由废兴也。"这是一说。另一说认为："乐为雅，雅者古正也，所以远郑声也。"(《白虎通义》卷三《礼乐》)显然，此二说前者偏于内容，后者偏于音乐。

雅有小雅、大雅，据何而分？《诗大序》谓："政有小大，故有《小雅》焉，有《大雅》焉。"这是以政事分。清人惠周惕《诗说》则以音乐分，认为："大、小二雅，当以音乐别之，不以政之大小论也。如律有大、小吕，诗有大、小雅，义不存乎大小也。"章炳麟《大雅小雅说》一文更以为雅乃近似鼖鼓的一种乐器名，或为曲调名。

究竟如何认识这种区分？其实，"雅"无论大小，都是西周王畿的乐歌,其在流传过程中,因着乐器的发展,土风的影响和用途的扩大,而不断发生变化,大小之别,应当是指雅乐发展过程中的两个不同阶段,"大雅"属旧曲,可能纯粹一些;"小雅"为新曲,受土风影响大一些,表现杂一些。从内容和形式上看,两者确也有不同:"大雅"多半是祭祖诗,篇幅长,结构较谨严;"小雅"多怨刺时事、感怀身世之作,风格含蓄真挚、情感丰富些。

如果说,"国风"部分诗篇多歌咏爱情婚姻和风土人情,那么雅诗部分则多颂美和讥刺的政治抒情味,所谓《雅》则期会燕享公卿大人之作"(朱熹《楚辞集注》)、"朝廷之音曰'雅'"(郑樵《通志·昆虫草木略》),指的即是大、小雅反映表现的内容对象。当然,其中大雅诗含"颂"成分多些,小雅诗近"风"程度强些。

全部雅诗中,《小雅》74 篇,《大雅》31 篇,共 105篇;另,《小雅》有 6 篇"笙诗",属"有目无辞"之作。

《大雅》中叙事诗(或为史诗)较为突出,如《绵》、《生民》《公刘》等,记录了上古神话传说与史事,可以作为上古时代的历史来读,颇有史料价值;如加上歌颂文王、武王的《皇矣》、《大明》，它们几乎就是一部周人建国的史记了。

《小雅》中不少反映丧乱、责斥现实的作品，深刻揭露了社会的黑暗，表达了下层民众的心声，如《十月之交》、《正月》、《北山》等。这些作品虽多半可能出自贵族之手，然也有民间歌谣作品。

小雅

鹿　　鸣

呦呦鹿鸣①，食野之苹②。我有嘉宾，鼓瑟吹笙。吹笙鼓簧③，承筐是将④。人之好我⑤，示我周行⑥。

呦呦鹿鸣，食野之蒿。我有嘉宾，德音孔昭⑦。视民不恌⑧，君子是则是效⑨。我有旨酒⑩，嘉宾式燕以敖⑪。

呦呦鹿鸣,食野之芩⑫。我有嘉宾,鼓瑟鼓琴。鼓瑟鼓琴,和乐且湛⑬。我有旨酒,以燕乐嘉宾之心。

① 呦呦:鹿鸣叫之声。

② 苹:草名,一说蒿。

③ 鼓:作动词。簧:一种乐器。

④ 承:捧。将:献。

⑤ 好:爱。

⑥ 周行:大道。一说周国的大道,比喻周朝的礼仪制度。

⑦ 孔昭:很明。孔,很,昭,明。

⑧ 视:示。恌(tiāo):同"佻",指轻佻。

⑨ 则:法。

⑩ 旨酒:美酒。

⑪ 式:以,均从而意。燕:通"宴",宴饮。敖:通"遨",游的意思。

⑫ 芩(qín):草名。

⑬ 湛:深厚。

　　诗以鹿鸣起兴,以示朝廷的歌舞升平。从诗句可见,君王对群臣嘉宾是十分友善客气的,既有美酒款待,又有琴瑟伴奏,气氛和谐,场面热烈,字里行间透出一片祥和之气。诗篇反映了宫廷生活的一个方面。

　　从诗中可以见出,无论君王还是嘉宾,所看重的乃是"德","君子是则是效"一句道出了其中真谛——看来,古代君臣都知道师法德行、忠于君主,才是治国的根本。

　　此诗属宴乐诗,乃周朝宫廷君王宴乐群臣时的唱颂之辞,在雅诗中,这类宴乐诗占有相当比例,可由此一窥宫廷的礼乐文化。

采　薇

　　采薇采薇①,薇亦作止②。曰归曰归,岁亦莫止③。靡室靡家④,狁之故⑤。不遑启居⑥,狁之故。

　　采薇采薇,薇亦柔止。曰归曰归,心亦忧止。忧心烈烈,载饥载渴⑦。我戍未定⑧,靡使归聘⑨。

采薇采薇,薇亦刚止。曰归曰归,岁亦阳止⑩。王事靡盬⑪,不遑启处⑫。忧心孔疚⑬,我行不来。

彼尔维何⑭?维常之华⑮。彼路斯何⑯?君子之车。戎车既驾⑰,四牡业业⑱。岂敢定居,一月三捷⑲。

驾彼四牡⑳,四牡骙骙㉑。君子所依,小人所腓㉒。四牡翼翼㉓,象弭鱼服㉔。岂不日戒㉕,狁孔棘㉖。

昔我往矣,杨柳依依㉗。今我来思㉘,雨雪霏霏㉙。行道迟迟㉚,载渴载饥。我心伤悲,莫知我哀。

① 薇:野菜名,又名野豌豆,可食。

② 作:生出,萌芽。止:语气词。

③ 莫:通"暮"。

④ 靡:无。

⑤ 猃狁(xiǎn yǔn)：北方少数民族之一,为汉代匈奴的先祖。

⑥ 遑：暇,闲暇。启居：安居。

⑦ 载：又。

⑧ 戍：守边。定：停止。

⑨ 使：使者。归聘：归家探问。

⑩ 阳：天暖。

⑪ 盬(gǔ)：休止。

⑫ 启处：安处。

⑬ 孔疚：很痛苦。

⑭ 彼尔维何：那盛开的花是什么。尔,此指下句的"华"。

⑮ 维：是。常：棠,棠棣树。华：同"花"。

⑯ 路：高大的车。

⑰ 戎车：兵车,战车。既驾：已经驾出。

⑱ 牡：公马。业业：高大貌。

⑲ 一月三捷：一个月里要三捷,即指一个月中要打多次仗。
三,虚指。一说捷指行军。

⑳ 四牡：驷马。

㉑ 骙(kuí)骙：马强壮貌。

㉒ 小人：指士兵。腓(féi)：掩蔽。

㉓ 翼翼：整齐貌。

㉔ 象弭(mǐ)：弓的两端缚弦处为弭,镶上象牙叫象弭。鱼服：蒙上鱼皮的箭袋。

㉕ 戒：戒备,警惕。

㉖ 孔棘：很厉害。棘,荆棘,扎手。

㉗ 依依：指柳条随风飘拂的状态,一说茂盛貌。

㉘ 思：语气助词。

㉙ 霏霏：形容细密。

㉚ 迟迟：缓缓。

　　北方猃狁族侵扰,西周宣王命将领率兵出征抗击,多年的战争,使士兵们厌倦,他们不得已地唱出了这首歌。

　　诗作有两个显著的艺术特色：一、以采薇作比兴；用薇这种植物的生长过程比喻战争时间的绵长,巧妙而贴切；战争不停止,士兵们无法回家,于是厌烦之情自然产生。二、鲜明的比照,集中表现于最后一段——出征时,"杨柳依依"；返归时,"雨雪霏霏"。用王夫之的话

来说,这是以乐景衬哀,以哀景衬乐,"一倍增其哀乐",
达到了极好的艺术效果。

本诗为后代诗歌创作提供了很好的借鉴,尤其是在
运用反衬对比手法方面。

鹤　鸣

鹤鸣于九皋①,声闻于野。鱼潜在渊,或在
于渚②。乐彼之园③,爰有树檀④,其下维萚⑤。
它山之石,可以为错⑥。

鹤鸣于九皋,声闻于天。鱼在于渚,或潜
在渊。乐彼之园,爰有树檀,其下维榖⑦。它山
之石,可以攻玉⑧。

① 九皋:九是虚数,九皋指一连串小湖。一说,九曲之湖。

② 渚:水停聚之处,水泊。

③ 乐:喜爱。

④ 爰:发语词。树:作动词。

⑤ 其：指檀树。萚：一种矮树，一说落叶。

⑥ 错：同"厝"，磨物钻物的工具。

⑦ 榖：一种树名。

⑧ 攻：治，琢磨。

王夫之《夕堂永日绪论》赞此诗为"全用比体，不道破一句，三百篇中创调也"。这与《诗序》所说相合，意思有告诉统治者应重视任用在野贤人成分。然也有认为此诗纯属田园山水诗之滥觞，并无他意所寓；倘有隐居贤者之类，乃诗外之意，如今人陈子展《诗经直解》即持此说。

笔者以为，两者似皆可取，前者尤表现于"它山之石"两句，后者则充分体现于诗的大部分诗句中，角度不一，理解诠释也就有异了。

"鹤鸣于九皋，声闻于天"和"它山之石，可以攻玉"两句，为后世盛传，这又一次体现了《诗经》对后世的深远影响，不光是艺术创作手法，还包括了许多名篇佳句。

何 草 不 黄

何草不黄,何日不行。何人不将^①,经营四方。

何草不玄^②,何人不矜^③。哀我征夫,独为匪民^④。

匪兕匪虎^⑤,率彼旷野^⑥。哀我征夫,朝夕不暇。

有芃者狐^⑦,率彼幽草^⑧。有栈之车^⑨,行彼周道^⑩。

① 将:出行,出征。

② 玄:黑色。

③ 矜:可怜。一说鳏,丧偶单身。

④ 匪:非。匪民:不被当人看。

⑤ 兕:野牛。

⑥ 率:行走。一说循。

⑦ 芃(péng):兽毛蓬蓬貌。

⑧ 幽草：茂盛的草。

⑨ 栈：高。

⑩ 周道：大道。

为统治者服役之征夫，被迫唱出了哀叹之歌，他甚至以"何草不黄"作譬，来表明"何日不行"、"何人不将"、"何人不矜"之悲哀，那种"哀我征夫，独为匪民"，可谓是发自心底的哀号。

诗篇以其真情的吐露，真挚的感受，真切的呼喊，深深打动了读者的心。

《诗序》所说也点出了诗旨："四夷交侵，中国皆叛，用兵不息，视民如禽兽。君子忧之，故作是诗也。"此诗显然可属于乱世亡国之音一类作品，方玉润《诗经原始》说："周衰至此，其亡岂能久待？编诗者以此殿《小雅》之终。"这话说得有理。

大雅

文　王

　　文王在上,於昭于天^①。周虽旧邦,其命维新^②。有周不显^③,帝命不时^④。文王陟降^⑤,在帝左右。

　　亹亹文王^⑥,令闻不已^⑦。陈锡哉周^⑧,侯文王孙子^⑨。文王孙子,本支百世^⑩。凡周之士^⑪,不显亦世^⑫。

　　世之不显,厥犹翼翼^⑬。思皇多士^⑭,生此王国。王国克生^⑮,维周之桢^⑯。济济多士,文王以宁^⑰。

　　穆穆文王^⑱,於缉熙敬止^⑲。假哉天命^⑳!有商孙子^㉑。商之孙子^㉒,其丽不亿^㉓。上帝既命,侯于周服^㉔。

　　侯服于周,天命靡常^㉕。殷士肤敏^㉖,祼将

于京㉗。厥作裸将㉘,常服黼冔㉙。王之荩臣㉚,
无念尔祖㉛。

无念尔祖,聿修厥德㉜。永言配命㉝,自求
多福。殷之未丧师㉞,克配上帝㉟。宜鉴于殷,
骏命不易㊱。

命之不易,无遏尔躬㊲。宣昭义问㊳,有虞
殷自天㊴。上天之载㊵,无声无臭㊶。仪刑文
王㊷,万邦作孚㊸。

① 於(wū):赞叹词。昭:明。

② 命:国运,天命。维:是。

③ 有:此,这。不:通"丕",大。显:光耀。

④ 时:适时、恰当。

⑤ 陟:升。降:下。

⑥ 亹(wěi)亹:勤勉。

⑦ 令闻:美誉。

⑧ 陈:通"申",一再。锡:赐。

⑨ 侯:作动词,使为侯。

⑩ 本：周王族一系为本，嫡系，旁系为支。

⑪ 士：指周王朝异姓之臣。

⑫ 此句言亦大显于世，即代代显耀。

⑬ 厥：其。犹：谋。翼翼：思虑深远。

⑭ 思：愿。一说发语词。皇：皇天。

⑮ 克：能。

⑯ 桢：骨干。此句言他们都是周朝的骨干之臣。

⑰ 以宁：因此安宁。

⑱ 穆穆：仪表堂堂，容貌端庄。

⑲ 於：叹词。缉熙：光明。一说奋发前进。止：语气词。

⑳ 假：大，嘉美。

㉑ 有：此，这。商：商朝。

㉒ 孙子：指子孙。

㉓ 丽：数目。不亿：不止一亿。

㉔ 侯：惟。服：臣服。

㉕ 靡常：无常。

㉖ 殷士：殷商的士臣。肤敏：聪敏勤勉。

㉗ 祼(guàn)：祭祀时执行灌酒的事。将：献祭品。京：周朝
都城镐京。此句指殷商的降臣在周王祭祀时助祭，行祼将

之礼。

㉘ 厥：他们。作：行，执行。

㉙ 黼冔(fǔ xǔ)：指殷人的礼服礼帽。

㉚ 王：周王。荩：进用。

㉛ 无念尔祖：不要念及你们的(指殷商)祖先。

㉜ 聿：惟,于是。修：进修。厥：你们的。德：品德。

㉝ 配命：合乎天命。

㉞ 未丧师：指未丧失民众的拥戴。

㉟ 克：能。

㊱ 骏：大。此句指保持大命不易。

㊲ 遏：遏止。尔躬：你们的身上。

㊳ 宣昭：宣明。义问：美善的声誉。

㊴ 有：其。虞：败。自天：出自天命。

㊵ 载：事。

㊶ 鼻·气味。

㊷ 仪刑：效法,仪有认真之意。

㊸ 万邦：万国诸侯。作：始,才。孚：相信。

　　《文王》一诗被认为是周代史诗之一,它篇幅宏大,气氛肃穆,充满了庄严的历史感与神圣感。作为对周朝君主之一文王的歌颂与赞美,它既有深沉感,又具教谕性,深厚的内容和庄重的情调,构成了诗篇典雅的色彩。

全诗共七章五十六句,基本上整齐划一的四言句式,构成了雍容规整的形式,似显示了周王朝的威严气势,给人肃然起敬之感,体现了大雅诗的典雅庄重特色。

此诗的气势与措辞遣句,显示了其可用于庄重场合下作为正式乐歌——如宗祀明堂、天子诸侯朝会、诸侯与君主相见等,这是大雅诗的重要作用与价值,我们可从中一窥周朝的国情。

生　民

厥初生民①,时维姜嫄②。生民如何?克禋克祀③,以弗无子④。履帝武敏歆⑤,攸介攸止⑥。载震载夙⑦,载生载育,时维后稷。

诞弥厥月⑧,先生如达⑨。不坼不副⑩,无灾无害。以赫厥灵⑪,上帝不宁。不康禋祀⑫,

居然生子。

诞置之隘巷^⑬,牛羊腓字之^⑭。诞置之平林^⑮,会伐平林。诞置之寒冰,鸟覆翼之^⑯。鸟乃去矣,后稷呱矣^⑰。实覃实讦^⑱,厥声载路^⑲。

诞实匍匐^⑳,克岐克嶷^㉑,以就口食^㉒。蓺之荏菽^㉓,荏菽旆旆^㉔。禾役穟穟^㉕,麻麦幪幪^㉖,瓜瓞唪唪^㉗。

诞后稷之穑^㉘,有相之道^㉙。茀厥丰草^㉚,种之黄茂^㉛。实方实苞^㉜,实种实褎^㉝。实发实秀^㉞,实坚实好。实颖实栗^㉟,即有邰家室^㊱。

诞降嘉种:维秬维秠^㊲,维穈维芑^㊳。恒之秬秠^㊴,是获是亩^㊵。恒之穈芑,是任是负^㊶,以归肇祀^㊷。

诞我祀如何?或舂或揄^㊸,或簸或蹂^㊹。释之叟叟^㊺,烝之浮浮^㊻。载谋载惟^㊼:取萧祭脂^㊽,取羝以軷^㊾。载燔载烈^㊿,以兴嗣岁^{㈤㊀}。

卬盛于豆^{㈤㊁},于豆于登^{㈤㊂}。其香始升,上帝

居歆(54)。胡臭亶时(55),后稷肇祀。庶无罪悔(56),以迄于今(57)。

① 厥:其。民:人,指周人,或谓周部族的人民。

② 时维:这就是。姜嫄:传说中远古帝王高辛氏帝喾的妃子,周始祖后稷之母。

③ 克:能。禋(yīn):一种野祭。祀:祭祀。

④ 弗:同“祓”,用祭祀去灾,即除无子之不祥,祈祷有子。

⑤ 履:践,踩。帝:天帝的足迹。敏:脚拇指,武敏,大足拇指。歆:喜。

⑥ 攸:乃。介:通“祄”,祐也。止:通“祉”,神降福。

⑦ 载:则,就。震:通“娠”,怀孕。夙:肃。

⑧ 诞:发语词。弥厥月:怀孕满了应有的月数。弥,满。

⑨ 先生:首生,头胎生。达:顺利,滑利。

⑩ 坼:裂开。副(pì):破开。此句说生得顺利,不破裂产门。

⑪ 赫:显。

⑫ 康:安,安享。禋祀:即烧香祭祀。

⑬ 诞:发语词。之:指后稷。

⑭ 腓(féi):庇护。字:养育。

⑮ 平林：平原上的树林。

⑯ 翼：用翅膀遮盖。

⑰ 呱（gū）：啼哭。

⑱ 覃：长。訏：大。

⑲ 载：满，布满。

⑳ 匍匐：爬行。

㉑ 岐：知意。嶷：认识。

㉒ 就：求。

㉓ 蓺：种植。荏菽：大豆。

㉔ 旆旆：茂盛。

㉕ 禾役：禾穗。穟（suì）穟：美好貌。

㉖ 幪幪：茂盛貌。

㉗ 瓞（dié）：小瓜。唪（běng）唪：果实累累。

㉘ 穑：农业生产。

㉙ 相：助。道：方法，诀窍。

㉚ 茀：拔除。

㉛ 黄茂：黄熟、茂盛。

㉜ 实：是，这样。方：整齐。苞：丰茂。

㉝ 种：丛，一说肥盛。襃（yòu）：渐长，长高。

㉞发：舒发。秀：长穗。

㉟颖：垂穗。栗：颗粒饱满。

㊱即：就。有邰：邰地。此句说后稷就受封到邰地定居，成家立室。

㊲秬：黑黍。秠：一壳两颗米的黍。

㊳穈：谷之一种，又名赤苗谷。芑：谷之一种，又名白苗谷。

㊴恒：遍。

㊵是：于是。亩：分亩计产量。

㊶任：抱。负：背。

㊷肇：始。肇祀，开始祭祀。

㊸舂：捣。揄（yóu）：取，舀。

㊹簸：簸扬去糠。蹂：用手搓，使糠去除。

㊺释：淘米。叟叟：淘米声。

㊻烝：同"蒸"。浮浮：热气上升。

㊼谋：计划。惟：思考。

㊽萧：香蒿。祭脂：用脂肪做的祭品。

㊾羝（dǐ）：公羊。軷（bó）：祭路神。

㊿燔、烈：均指烧烤。

(51)兴：兴旺。嗣岁：来年。此句说祭祀是为了来年的兴旺。

(52) 卬(áng)：我。豆：木制的盛肉之器。

(53) 于：在。登：瓦豆，陶制盛肉器。

(54) 居歆：安享。

(55) 胡：大。臭：气味。亶时：真得其时。

(56) 庶：辜。

(57) 迄：到。

本诗是一首比较真实记载周朝早期开国历史的民族史诗。西方人认为中国无史诗，其实不然，《诗经》中包括《生民》在内的"大雅"与"三颂"中有若干篇可属史诗范畴，它们记载了殷商和周朝的历史，载录了开国帝王与英雄的事迹，符合西方史诗的标准，只是相比西方史诗如荷马的《奥德赛》、《伊利亚特》，这些诗的篇幅小得多。

因为是史诗，且又具有浓厚的尊祖色彩，故而全诗的风格是庄重、典雅，纪实成分甚浓——由于上古历史多掺杂神话传说成分，因而不免有虚实相杂之嫌，但这并不妨碍诗篇的主题及主要风格色彩。

　　本诗侧重叙述周民族始祖后稷事迹,《诗序》所言
不误。对后稷其人,一般以为属中国上古时代母系社会
向父系社会过渡时期传说中的半人半神人物。

三、颂

何谓"颂"?《毛诗序》曰:"颂者,美盛德之形容,是其成功告于神明者也。"朱熹《诗集传》谓:"颂者,宗庙之乐歌,大序所谓美盛德之形容,以其成功告于神明者也。"清人阮元《研经室集·释颂》说得更具体明确:"颂之训为美盛德者,余义也;颂之训为形容者,本义也;且颂字即容字也。……岂知所谓《周颂》、《鲁颂》、《商颂》者,若曰'周之样子','鲁之样子','商之样子'而已,无深意也。"可见,"颂"是宗庙祭祀用的舞曲,它连歌带舞,其目的主要不是为了娱人,而是为了颂祖和祭祀鬼神,配合礼仪,因而其声调滞重徐缓,风格庄重典雅。

"颂"分《周颂》、《鲁颂》、《商颂》三部分,其中《周颂》31 篇,《鲁颂》4 篇,《商颂》5 篇。

对颂诗中《商颂》究为何时作品,历来有争议。汉代今文经派认为它是春秋时代殷商后裔宋国的宗庙祭祀乐歌,应是周时的宋诗;古文经派持异议,主张《商颂》应为殷商诗。对此,历代诸说不一,争持不下。近人王国维、顾颉刚、郭沫若赞同《商颂》为春秋宋人作品,今人杨公骥等学者力主《商颂》为殷商作品。这宗悬案尚待地下文物考古与文献资料证明,才可下结论。

相对风、雅两部分诗,颂诗的文学性较弱,礼乐文化价值较大。透过这些诗篇,后人能窥见上古时代人们的祭祀礼仪状况。

商颂

殷 武

挞彼殷武①,奋伐荆楚②。罙入其阻③,哀

荆之旅④。有截其所⑤,汤孙之绪⑥。

维女荆楚⑦,居国南乡。昔有成汤⑧,自彼氐羌⑨,莫敢不来享⑩,莫敢不来王⑪。曰商是常⑫。

天命多辟⑬,设都于禹之绩⑭。岁事来辟⑮,勿予祸適⑯,稼穑匪解⑰。

天命降监⑱,下民有严⑲。不僭不滥⑳,不敢怠遑㉑。命于下国㉒,封建厥福㉓。

商邑翼翼㉔,四方之极㉕。赫赫厥声㉖,濯濯厥灵㉗。寿考且宁㉘,以保我后生。

陟彼景山㉙,松柏丸丸㉚。是断是迁㉛,方斫是虔㉜。松桷有梴㉝,旅楹有闲㉞,寝成孔安㉟。

① 挞:勇武貌。殷武:殷王武丁,一说宋武公。

② 伐:讨伐。荆楚:指古代楚国之地。

③ 罙:深的本字。阻:险阻。

④ 袤(póu):俘。旅:师旅,士兵。

⑤ 截：斩获。其所：指楚地。

⑥ 汤孙：商汤王的裔孙。绪：王业、功业。

⑦ 维：是。女：汝。

⑧ 成汤：即商汤王。

⑨ 氐（dī）、羌：西方的部族。

⑩ 享：贡献。

⑪ 王：朝见。

⑫ 常：尚，此处指以商为可尊之邦。

⑬ 多辟：诸侯。

⑭ 都：国都。绩：同"迹"，指禹之所经之迹，也即所治之地。

⑮ 岁事：每年有事，一说农事。来辟：来朝。

⑯ 祸适：罪谪。适通"谪"。

⑰ 匪：非。解：懈。此句指从事农耕不要松懈。

⑱ 降监：下察。

⑲ 有严：肃敬，畏怯。

⑳ 僭：越礼，对抗。滥：差错，妄为。

㉑ 怠遑：偷闲怠慢。

㉒ 下国：天下诸国。

㉓ 封建：分封立国。厥：他们。

㉔ 翼翼：繁盛。

㉕ 极：准则。

㉖ 赫赫：显赫。声：名声，一说号令。

㉗ 濯濯：光耀。灵：神灵，威灵。

㉘ 寿考：长寿。

㉙ 陟：登。景：大。

㉚ 丸丸：直而圆貌。

㉛ 断：锯伐。迁：搬迁。

㉜ 斫(zhuó)：用斧砍。虔：削。

㉝ 桷(jué)：椽子。梴(chān)：木长貌。

㉞ 旅：众，一说刮磨。楹：柱。闲：大。

㉟ 寝：庙。孔安：很安然。

　　本诗是现存"三百篇"中最末一首。诗篇所颂的是
殷商王高宗武丁，《诗序》所言"祀高宗也"不误。

　　从整首诗看，其实不仅颂扬了高宗武丁，也同时颂
扬了商汤王，是对整个殷商王业之威赫作了讴歌。

　　此诗开头部分的诗句"挞彼殷武，奋伐荆楚。深入
其阻，裒荆之旅"。"维女荆楚，居国南乡。……莫敢不

来享，莫敢不来王，曰商是常"。常被引为楚国早期的历史资料，它记载了殷商时期北方王朝讨伐南方荆楚的历史，以及南楚与北方中原的往来。这显示了《诗经》虽为诗歌作品，却不失为可贵的历史史料，后人可从中觅取所需要的历史资料。

楚　辞

一、屈原

屈原名平,字原,是楚武王的后裔。关于他的生卒年,学术界长期以来多有争议,迄今尚无定论。他是战国时期楚国的一位杰出的政治家、天才的爱国诗人。在楚怀王(前328—前299年在位)时,曾以"博闻强志,明于治乱,娴于辞令"(《史记》本传)深得信任,任职左徒。他在朝时与怀王共谋国事,制定和颁布法令;出朝时常接待各方宾客,应对各国诸侯。后来受到同僚的嫉妒陷害,虽然忠心不渝,却遭到怀王的疏远,改任三闾大夫,执掌楚国的王族昭、屈、景三姓。在战国后期诸国争霸错综复杂的形势中,力主联合各国与秦国抗衡,曾谏言诛杀破坏楚齐同盟的秦国使臣张仪,又劝阻怀王前往秦国,多次受到诬陷,被长期放逐。

在楚顷襄王(前298—前263年在位)时,屈原又因坚持自己的政治主张不愿改变,再次被放逐到离汉北更远的江南地区。他从此远离故都,长年辗转在沅、湘一带,"被发行吟泽畔,颜色憔悴,形容枯槁"(《渔父》)。最后终于由于不堪忍受楚国的黑暗政治和日益恶化的时局,投身自沉于汨罗江中。

屈原有着成为楚国政治家的先天条件,他自己主观上也努力想成为一个能突现治国理想的政治家,但战国时代的历史条件和楚国当时特殊的社会条件,没有给他这样的机会;相反,却因此促成他成为写下惊天地、泣鬼神的长诗——《离骚》等一批千古名作的伟大诗人,虽然不是屈原的初衷,但它却又毋庸置疑地成了历史的事实。

屈原同时创作了《天问》、《九歌》、《九章》、《招魂》等作品。《天问》一诗以一连发问一百七十多个问题的形式一气贯注,构成了奇特的发问体诗歌。诗中从天体起源、人类肇始问到夏、商、周、秦、楚历史,寄寓了屈原的天体观与人生观。《九歌》是屈原早期创作的一首祭祀歌舞组诗,诗中将天神、地祇、人鬼融为一体,表现了神话、历史与文学的融合,展示了丰富的想象。《九章》虽不是屈原本人组合命名,但其中一些诗章比较真实地记录了他的身世际遇和理想抱负。《招魂》等诗则运用楚地巫术风俗,将民间祭祀与诗人想象充分结合在一起,表现了屈原爱国忠君、矢志为理想而奋斗的精神。

　　《汉书·艺文志》记录的屈原二十五篇作品,历来颇有争议。一般认为,《离骚》、《天问》、《九歌》及《九章》中的部分诗章较为可靠,为屈原所作;其余《卜居》、《渔父》、《招魂》、《大招》、《远游》及《九歌》、《九章》中的某些篇章,疑为后人所作。尽管如此,人们还是认为,楚辞二十五篇作品形式多样、风格各异、色彩丰富,为楚辞博大精深思想内涵和丰富多变艺术形式的创立,提供了尽情表现的天地,从而为屈原成为中国文学史上杰出的伟大诗人奠下了坚实的基础。

离骚

　　帝高阳之苗裔兮①,朕皇考曰伯庸②。摄提贞于孟陬兮③,惟庚寅吾以降④。皇览揆余于初度兮⑤,肇锡余以嘉名⑥。名余曰正则兮,字余曰灵均⑦。纷吾既有此内美兮⑧,又重之以修能⑨。扈江离与辟芷兮⑩,纫秋兰以为佩⑪。汩余若将不及兮⑫,恐年岁之不吾与⑬。朝搴阰之木兰兮⑭,夕揽洲之宿莽⑮。日月忽其不淹兮⑯,春与秋其代序⑰。惟草木之零落兮⑱,恐美人之迟暮⑲。不抚壮而弃秽兮⑳,何不改乎此度㉑。乘骐骥以驰骋兮㉒,来吾道夫先路㉓。

① 帝高阳:指高阳帝,即古帝颛顼。苗裔:远孙,后裔。
② 朕:我。皇考:对亡父的美称。说亦可称曾祖或远祖。
③ 摄提:摄提格简称,寅年别名。一说星名。贞:当、正。孟

陬(zōu)：孟春正月，夏历为寅月。此句说自己降生于摄提格之年，正当孟春正月，即寅年、寅月。

④ 惟：此。庚寅：干支纪日，正为寅日。降：降生。

⑤ 皇：皇考，亡父。览：观察。揆(kuí)：揣度。初度：出生时之日月时辰。

⑥ 肇(zhào)：始、才。锡：赐。嘉名：美名。

⑦ 此两句说给我取名正则，即平，字为灵均，即原。

⑧ 纷：多且盛貌。《楚辞》中常将表状语的字词放句首。内美：内在的本质美。

⑨ 重：再、加。修能：修饰容态。一说美好的容态。

⑩ 扈(hù)：披。江离、辟芷：楚地香花美草。

⑪ 纫：贯串连缀。佩：佩带。

⑫ 汩：水急流貌。不及：赶不上。

⑬ 不吾与：不与吾，不等我。

⑭ 朝：早晨。搴(qiān)：拔取。阰：山坡。

⑮ 揽：采。洲：水中小岛。宿莽：楚地草名。

⑯ 忽：速。淹：久留。

⑰ 代序：更替，轮换。

⑱ 惟：思。

⑲ 美人：历来说法不一，有指君王，有说贤士，此处以自喻为
妥。迟暮：衰老。

⑳ 抚：循。一说抓紧。弃秽：摒弃秽政，即革除弊政。

㉑ 何不：为何不。度：法度。

㉒ 骐骥：良马，骏马。

㉓ 来：招唤字。道：导，带路，作先导。

　　这是第一段。诗人自叙世系、生辰、命名，表明他具
有先天的内美，但这还不够，他还要努力修身，用香花美
草修饰自己，以表示自己对楚国的希冀。

　　昔三后之纯粹兮①，固众芳之所在②。杂
申椒与菌桂兮③，岂惟纫夫蕙茝④。彼尧舜之
耿介兮⑤，既遵道而得路⑥。何桀纣之猖披
兮⑦，夫唯捷径以窘步⑧。惟夫党人之偷乐
兮⑨，路幽昧以险隘⑩。岂余身之惮殃兮⑪，恐
皇舆之败绩⑫。忽奔走以先后兮⑬，及前王之
踵武⑭。荃不察余之中情兮⑮，反信谗而斋

怒⑯。余因知謇謇之为患兮⑰,忍而不能舍也。
指九天以为正兮⑱,夫唯灵修之故也⑲。曰黄
昏以为期兮⑳,羌中道而改路㉑。初既与余成
言兮㉒,后悔遁而有他㉓。余既不难夫离别
兮㉔,伤灵修之数化㉕。

① 三后:历来有多种说法,或指禹、汤、文王,或指少昊、颛顼、
   高辛,或说楚先君熊绎、若敖、蚡冒,此处以楚先君说为妥。
   纯粹:美德纯粹,公正无私。

② 固:固然。在:聚集。众芳:喻贤臣。

③ 杂:聚合。申椒、菌桂:均为香花美草。

④ 岂惟:难道只。纫:连结、系连。蕙茞(zhǐ):香花美草。

⑤ 彼:那。耿介:光明正大。

⑥ 遵:循。道:正道。

⑦ 何:何故。猖披:猖狂。

⑧ 捷径:斜出的小路。窘步:难于行步。

⑨ 党人:指楚王周围的一批奸党小人。偷乐:苟且偷安。

⑩ 幽昧:黑暗。

⑪ 岂：难道。惮殃：怕受灾难。

⑫ 皇舆：皇车,喻指朝廷。败绩：翻车,溃败。

⑬ 忽：匆,疾。奔走以先后：指效力于帝王左右。

⑭ 及：跟上。踵武：脚后跟,足迹。

⑮ 荃：一种香草,此处喻楚王。中情：由衷之情。

⑯ 谗：谗言,挑拨离间之言。斋(jì)怒：盛怒。

⑰ 謇(jiǎn)謇：本指难于说话的口吃,此处指无法表达清楚的忠贞之言。

⑱ 九天：古代人意识中天有九重,此处指上天、上帝。正：作主,作证。

⑲ 灵修：神灵,此处指楚怀王。

⑳ 期：相会。

㉑ 羌：句首词。中道：半途。改路：改变方向。

㉒ 初：起初、当初。成言：约定的话。

㉓ 遁：遁辞、托辞。有他：有他种打算。

㉔ 难：畏怕。

㉕ 伤：感伤、悲伤。数化：多次变化。

这是第二段。从回顾历史到返回楚国现实,诗人向楚王表示忠心，却反而不能相合，令他颇为伤感。

余既滋兰之九畹兮[①]，又树蕙之百亩[②]。畦留夷与揭车兮[③]，杂杜衡与芳芷[④]。冀枝叶之峻茂兮[⑤]，愿竢时乎吾将刈[⑥]。虽萎绝其亦何伤兮[⑦]，哀众芳之芜秽[⑧]。众皆竞进以贪婪兮[⑨]，凭不厌乎求索[⑩]。羌内恕己以量人兮[⑪]，各兴心而嫉妒。忽驰骛以追逐兮[⑫]，非余心之所急。老冉冉其将至兮[⑬]，恐修名之不立[⑭]。朝饮木兰之坠露兮[⑮]，夕餐秋菊之落英[⑯]。苟余情其信姱以练要兮[⑰]，长顑颔亦何伤[⑱]。擥木根以结茝兮[⑲]，贯薜荔之落蕊[⑳]。矫菌桂以纫蕙兮，索胡绳之纚纚[㉑]。謇吾法夫前修兮[㉒]，非世俗之所服[㉓]。虽不周于今之人兮[㉔]，愿依彭咸之遗则[㉕]。长太息以掩涕兮[㉖]，哀民生之多艰[㉗]。余虽好修姱以鞿羁兮[㉘]，謇朝谇而夕替[㉙]。既替余以蕙纕兮，又申之以揽茝[㉚]。亦余心之所善兮,虽九死其犹未悔㉛。怨灵修之浩荡兮㉜,终不察夫民心㉝。众女嫉余之蛾眉兮,谣诼谓余以善淫㉞。固时俗之工巧兮㉟,偭规矩而改错㊱。背绳墨以追曲兮㊲,竞周容以为度㊳。忳郁邑余侘傺兮㊴,吾独穷困乎此时也。宁溘死以流亡兮㊵,余不忍为此态也㊶。鸷鸟之不群兮㊷,自前世而固然㊸。何方圜之能周兮㊹,夫孰异道而相安㊺。屈心而抑志兮,忍尤而攘诟㊻。伏清白以死直兮㊼,固前圣之所厚㊽。

① 滋:栽,植。畹:田地单位。九是虚指。

② 树:种植。百:虚指。

③ 畦(qí):四面有界埂之田,此处指一块一块种。留夷、揭车:均香花美草。

④ 杜衡、芳芷:均香花美草。

⑤ 冀:希冀。峻茂:茂盛。

⑥ 竢:俟,等待。刈:收割。

⑦ 虽：即使。何伤：何妨。

⑧ 芜秽：变成荒芜，变质。

⑨ 竞进：争谋官位。

⑩ 凭：满。厌：满足。求索：向人索取。

⑪ 羌：发语词。恕己：宽恕自己。量人：衡量、指责他人。

⑫ 驰骛以追逐：到处奔走以追名逐利。

⑬ 冉冉：慢慢地，渐渐地。

⑭ 修名：美名，好修身之名。

⑮ 坠露：坠下的露水。

⑯ 落英：初生之嫩花瓣。

⑰ 苟：如果，只要。情：指内心。信姱（kuā）：真诚，美好。
　　练要：精要，精粹。

⑱ 顑颔（kǎn hàn）：因饥饿而面黄肌瘦。

⑲ 擥：同"揽"。

⑳ 贯：串连。落蕊：落下的花蕊，一说花。

㉑ 纚纚：编结起来好看貌。索：搓绳。

㉒ 謇：发语词。法：效法。前修：前代贤人。

㉓ 服：服用，服食。此句指我的服饰与服食均不同于世俗
　　之人。

㉔ 虽：尽管。不周：不合。

㉕ 依：依照。彭咸：人名，屈原仰慕的殷代贤大夫。遗则：留下的榜样、法则。

㉖ 太息：叹息。

㉗ 民生：人民，一说人生。

㉘ 好：爱好，喜好。修姱：美好貌。鞿(jǐ)羁：牵累。

㉙ 谇(suì)：责骂。一说进谏。替：谗毁，一说废。

㉚ 蕙纕：以蕙为佩带，纕，佩带。申：重，加。揽：揽取。茝：白芷，香草。

㉛ 虽：即使。九：虚指。

㉜ 浩荡：坦荡。

㉝ 察：考察。

㉞ 诼：造谣。

㉟ 固：本来。工：善于，工巧，善于取巧。

㊱ 偭：违反。改错：错即措，意指改变措施。

㊲ 背：违背。绳墨：准则。曲：歪曲。

㊳ 竞：竞相。周容：苟合取容。度：法度。

㊴ 忳(tún)：忧愁貌。郁邑：郁结，邑即挹。侘傺(chà chì)：失意、心神不定。

⑩ 溘(kè)死：忽然死去。

⑪ 此态：指苟合取容之态。

⑫ 鸷(zhì)鸟：一种猛禽。不群：不合群。

⑬ 固然：本来如此。

⑭ 方圜：方圆，方指方枘，圆指圆孔，方木榫头与凿的圆孔应相合。周：合。

⑮ 夫孰：哪有，难道。异道：不志同道合。

⑯ 尤：罪过。攘：取。诟：耻。

⑰ 伏：通"服"，行，一说抱定。直：正直。死直，死于正直。

⑱ 厚：重视，看重。

　　这是第三段。诗人曾为国家培植人才，却不料他们有负诚心。朝廷群小们的贪婪、嫉妒，令诗人大失所望。但诗人追求的乃是"修名"，决不改变心志，随波逐流。

　　悔相道之不察兮①，延伫乎吾将反②。回朕车以复路兮③，及行迷之未远④。步余马于兰皋兮⑤，驰椒丘且焉止息⑥。进不入以离尤兮⑦,退将复修吾初服⑧。制芰荷以为衣兮⑨,集芙蓉以为裳⑩。不吾知其亦已兮⑪,苟余情其信芳⑫。高余冠之岌岌兮⑬,长余佩之陆离⑭。芳与泽其杂糅兮⑮,惟昭质其犹未亏⑯。忽反顾以游目兮⑰,将往观乎四荒⑱。佩缤纷其繁饰兮⑲,芳菲菲其弥章⑳。民生各有所乐兮,余独好修以为常㉑。虽体解吾犹未变兮㉒,岂余心之可惩㉓。

① 相:有相辅佐之意,道指"道乎先路"。一说,以视看道路喻反省自己所选择的道路。

② 延伫:引颈而望,企盼。反:返。

③ 复路:原来的路。

④ 行迷:行入迷路。

⑤ 步:使马溜步。兰皋:长兰草的水岸。

⑥ 椒丘:长椒木的小山。焉:于是,在此。

⑦ 进不入:仕进不得意。离尤:遭罪。

⑧ 初服:当初未入仕时的服装。

⑨ 芰(jì)荷：香花美草。衣：上衣。

⑩ 裳：下衣。

⑪ 不吾知：不知吾。亦已：也罢了。

⑫ 苟：只要。信芳：真正芬芳。

⑬ 冠：帽子。岌岌：高貌。

⑭ 佩：佩带物，指剑。陆离：光怪陆离。

⑮ 泽：污浊，腐败。

⑯ 昭质：清白的本质。亏：亏损。

⑰ 反顾：回头看。游目：纵目远眺。

⑱ 四荒：四面八方。

⑲ 繁饰：繁盛的装饰。

⑳ 芳菲菲：香气阵阵。弥章：愈来愈明显。章，彰。

㉑ 好修：喜好修身。常：常事。一说奉行的准则。

㉒ 体解：肢解。

㉓ 岂：难道。惩：惩戒。

　　这是第四段。矛盾的心理令诗人一度彷徨，但他不愿与奸臣小人同流合污，对自己的理想追求，他充满了自信："民生各有所乐兮，余独好修以为常。"

以上是长诗的第一部分。诗人用基本写实的笔触，自叙了自身的世系、生辰及命名，并由此联及品性的修养与理想抱负的追求。作品侧重表现诗人自己不断地修身养性，渴望施展抱负，然而楚国的现实却容不了他；他为之作了艰难卓绝的努力，却依然困难重重，令人失望。君主的昏庸固然是重要因素，而奸党小人们的妒忌与谗言毁谤，更助长了邪气的高涨。

诗人是可贵的，"老冉冉其将至兮，恐修名之不立"，"虽不周于今之人兮，愿依彭咸之遗则"，"亦余心之所善兮，虽九死其犹未悔"。正由于诗人坚持了卓尔不群的好修立场，面对恶劣的处境才会至死不改自己的初衷，才能于万变中坚持不变，即便苦闷、彷徨、矛盾、痛苦，也能矢志不渝地坚持理想追求与人格操守的始终如一。

女媭之婵媛兮①，申申其詈余②。曰鲧婞直以亡身兮，终然殀夫羽之野③。汝何博謇而好修兮④，纷独有此姱节⑤？薋菉葹以盈室兮⑥，判独离而不服⑦？众不可户说兮⑧，孰云察余之中情⑨？世并举而好朋兮⑩，夫何茕独而不予听⑪？依前圣以节中兮⑫，喟凭心而历兹⑬。济沅湘以南征兮⑭，就重华而陈辞⑮：启《九辩》与《九歌》兮⑯，夏康娱以自纵⑰。不顾难以图后兮⑱，五子用失乎家巷⑲。羿淫游以佚畋兮⑳，又好射夫封狐㉑。固乱流其鲜终兮㉒，浞又贪夫厥家㉓。浇身被服强圉兮㉔，纵欲而不忍㉕。日康娱而自忘兮，厥首用夫颠陨㉖。夏桀之常违兮㉗，乃遂焉而逢殃㉘。后辛之菹醢兮㉙，殷宗用而不长㉚。汤禹俨而祗敬兮㉛，周论道而莫差㉜。举贤而授能兮㉝，循绳墨而不颇㉞。皇天无私阿兮㉟，览民德焉错辅㊱。夫唯圣哲以茂行兮㊲，苟得用此下土㊳。瞻前而顾后兮，相观民之计极㊴。夫孰非义而可用兮，孰非善而可服㊵。阽余身而危死兮㊶，览余初其犹未悔。不量凿而正枘兮㊷，固前修以莅醢。曾歔欷余郁邑兮⑬，哀朕时之不当⑭。
揽茹蕙以掩涕兮⑮，沾余襟之浪浪⑯。

① 女嬃(xū)：历来说法不一，有屈原之姐、婢、妹等说，也有
   泛指女性说、为神说等。婵媛：眷恋牵挂。

② 申申：一遍又一遍重复。詈(lì)：有责骂之意，但非直接。

③ 婞直：刚直。终然：终于，结果。殀(yāo)：夭，不正常死
   亡。羽之野：羽山之原野。

④ 博謇：博，多，指过多的忠贞。

⑤ 纷：修饰姱节，句中前置。姱节：美好的节操。

⑥ 资(zī)：草多貌，此作动词，积聚之意。菉葹(lù shī)：
   恶草。

⑦ 判：区别，分别。服：装饰。

⑧ 户说：挨家挨户说明。

⑨ 孰：谁。中情：指内心。

⑩ 朋：朋党。好朋：喜好结成朋党。

⑪ 茕(qióng)独：孤独。不予听：不听从我。

⑫ 节中：折中，公正不偏倚。

⑬ 喟(kuì)：叹息。凭心：愤懑填心。历兹：至于此，到现在。

⑭ 济：渡过。

⑮ 就：往就，向。重华：帝舜。

⑯ 启：夏代帝王。《九辩》《九歌》：传说中的天上乐章。

⑰ 夏：夏朝，一说下。夏康：夏启之子太康。一说"康娱"连词，指歌舞娱乐。自纵：自我放纵。

⑱ 难：艰难。

⑲ 五子：太康（启子）兄弟五人。失：恐"夫"之误。用失，即用夫，因而。家巷：家哄。巷，同"哄"。

⑳ 羿：夏代部落酋长，善射。淫游：过于沉溺于游乐。佚畋：过于喜好田猎，佚近淫。

㉑ 封狐：大狐。

㉒ 固：本来。乱流：淫乱之辈。鲜终：少有好结果。

㉓ 浞（zhuó）：寒浞，羿之国相。厥家：他的家室，指羿的老婆。

㉔ 浇：寒浞之子。被：披。强圉（yǔ）：坚甲。

㉕ 忍：克制。

㉖ 厥首：他的脑袋。用夫：因而。颠陨：掉脑袋。

㉗ 桀：夏代暴君。常违：常违背道德伦理。

㉘ 乃遂：于是，就。

㉙ 后辛：殷纣王。菹醢(jī hǎi)：把人剁成肉酱。

㉚ 殷宗：殷皇朝，一说殷商统治。

㉛ 汤：商汤王。俨而祗敬：敬畏而小心谨慎。

㉜ 周：此处指周代的文王、武王。论道：讲治国之道。

㉝ 授能：任用贤能人士。

㉞ 循：遵循，遵守。颇：偏颇。

㉟ 私阿：偏爱，偏袒。

㉟ 览：见，看。民德：人德，一说人君之德。错辅：措置辅佐。

㊱ 夫唯：唯有。茂行：盛德。

㊳ 苟得：才能，乃能。用：有，享有。下土：国土，天下。

㊴ 计极：终极标准，最终发展结果。

㊵ 此二句指不义不善之事是行不通的。

㊶ 阽：贴近，挨近。

㊷ 量凿：度量凿的圆孔。正枘(ruì)：对准方榫。

㊸ 曾：一次次。歔欷：悲叹。

㊹ 时之不当：时运不济，生不逢时。

㊺ 茹蕙：一种香草，茹，柔软。

㊻ 浪浪：水流不止，此指泪流不止。

　　此为第五段。女嬃好心劝告诗人,希望他改变耿直
性格,明哲保身。诗人没有听从劝告,转而又向重华陈
词,重申了自己的坚定不移立场。

　　　跪敷衽以陈辞兮①,耿吾既得此中正②。
驷玉虬以乘鹥兮③,溘埃风余上征④。朝发轫
于苍梧兮⑤,夕余至乎悬圃⑥。欲少留此灵琐
兮⑦,日忽忽其将暮⑧。吾令羲和弭节兮⑨,望
崦嵫而勿迫⑩。路曼曼其修远兮⑪,吾将上下
而求索⑫。饮余马于咸池兮⑬,总余辔乎扶
桑⑭。折若木以拂日兮⑮,聊逍遥以相羊⑯。前
望舒使先驱兮⑰,后飞廉使奔属⑱。鸾皇为余
先戒兮⑲,雷师告余以未具⑳。吾令凤鸟飞腾
兮,继之以日夜。飘风屯其相离兮㉑,帅云霓而
来御㉒。纷总总其离合兮㉓,斑陆离其上下㉔。
吾令帝阍开关兮㉕,倚阊阖而望予㉖。时暧暧
其将罢兮㉗,结幽兰而延伫。世溷浊而不分兮,

121

好蔽美而嫉妒㉘。朝吾将济于白水兮㉙，登阆风而緤马㉚。忽反顾以流涕兮㉛，哀高丘之无女㉜。溘吾游此春宫兮㉝，折琼枝以继佩㉞。及荣华之未落兮㉟，相下女之可诒㊱。吾令丰隆乘云兮㊲，求宓妃之所在㊳。解佩纕以结言兮㊴，吾令蹇修以为理㊵。纷总总其离合兮㊶，忽纬繣其难迁㊷。夕归次于穷石兮㊸，朝濯发乎洧盘㊹。保厥美以骄傲兮㊺，日康娱以淫游。虽信美而无礼兮㊻，来违弃而改求㊼。览相观于四极兮㊽，周流乎天余乃下㊾。望瑶台之偃蹇兮㊿，见有娀之佚女(51)。吾令鸩为媒兮(52)，鸩告余以不好。雄鸠之鸣逝兮(53)，余犹恶其佻巧(54)。心犹豫而狐疑兮，欲自适而不可(55)。凤皇既受诒兮(56)，恐高辛之先我(57)。欲远集而无所止兮(58)，聊浮游以逍遥。及少康之未家兮(59)，留有虞之二姚(60)。理弱而媒拙兮(61)，恐导言之不固(62)。世溷浊而嫉贤兮，好蔽美而称恶。闺

中既以邃远兮[63]，哲王又不寤[64]。怀朕情而不
发兮[65]，余焉能忍与此终古[66]。

① 敷衽(rèn)：铺开或摆开衣服的前襟。

② 耿：明白。中正：正确的道理。

③ 驷：本意是四匹马，此处作动词，驾的意思。玉虬：玉白色
   的无角龙。鹥：凤类鸟。

④ 溘：速。埃：尘埃，尘土。一说俟，等待。

⑤ 发轫：出发。苍梧：山名，舜葬于此。

⑥ 悬圃：传说中的神山。

⑦ 少：稍微。灵琐：神灵境界中之门。

⑧ 忽忽：渐渐。

⑨ 羲和：日神。一说日御，太阳神的驾车者。弭节：停车不
   行。一说按节徐行。

⑩ 崦嵫(yān zī)：西方神山。迫：迫近。

⑪ 曼曼：漫漫，遥远貌。修远：长远。

⑫ 求索：寻求觅索。

⑬ 咸池：神话地名，太阳洗澡处。

⑭ 总：整理，系结。辔：马的缰绳。扶桑：神话中的树名。

⑮ 若木：神话中的树名。拂：拂拭。

⑯ 聊：姑且。相羊：徜徉。

⑰ 望舒：月神。一说月亮的驾车者。

⑱ 飞廉：神禽，又称风伯，能致风之神。奔属：紧相随，作
    后卫。

⑲ 鸾皇：凤凰。先戒：先行警戒。

⑳ 雷师：雷神。未具：尚未备齐。

㉑ 飘风：旋风。屯：聚集。相离：相附丽，指聚结。

㉒ 御：迎接。一说抵御。

㉓ 纷：盛多貌。总总：聚貌。

㉔ 斑：斑斓。一说杂乱。

㉕ 帝阍：替天帝守门者。

㉖ 阊阖（chāng hé）：天门。望予，望着我。

㉗ 暧（ài）暧：光线昏暗。

㉘ 蔽美：掩盖他人美洁。

㉙ 白水：源于昆仑山的一支河流。

㉚ 阆风：神话中的山名。缥马：把马拴住，表示停留。

㉛ 反顾：转身四望。

㉜ 无女：无理想的女子。

㉝ 春宫：东方青帝所居之宫。

㉞ 琼枝：玉树之枝。继佩：继，续、加；佩，佩带。

㉟ 荣华：指花朵。

㊱ 下女：相对天上神女而言，指地上的神女。诒：通"贻"，
赠予。

㊲ 丰隆：云神，一说雨神。

㊳ 宓(fú)妃：洛水之女神。

㊴ 佩纕(xiāng)：佩带、丝带。结言：致爱慕之意，一说寄
文书。

㊵ 蹇修：神话人物，此处作媒人。理：使者。

㊶ 离合：若即若离，指态度暧昧。

㊷ 纬繣(wěi huà)：乖违，不相投合。迁：改变。

㊸ 次：舍，住宿。穷石：神话中山名。

㊹ 濯发：洗发。洧(wěi)盘：神话中水名。

㊺ 保：恃。

㊻ 信美：真美。

㊼ 来：乃，就。

㊽ 览相观：三个字均为瞧、看之意。四极：天之四边。

㊾ 周流：周游、遍游。

(50) 瑶台：用美玉砌的台。偃蹇：高耸貌。

(51) 有娀(sōng)：有娀氏，古代部落名。佚女：美女，此指简狄。

(52) 鸩(zhèn)：恶鸟。

(53) 鸣逝：边飞边叫，边叫边飞走。

(54) 佻巧：轻佻取巧，言词不诚实。

(55) 适：去。

(56) 受诒：接受聘礼。一说致送聘礼。

(57) 高辛：帝喾。

(58) 集：止，居。

(59) 少康：夏代君主。未家：未成家，没结婚。

(60) 有虞：夏代的一个姓姚的部落。二姚：指姚氏两个美女。

(61) 理弱：使者无能。

(62) 导言：媒人之传话，撮合之言。不固：靠不住。

(63) 闺中：指女子所居之所。邃(suì)远：深远。

(64) 哲王：指楚怀王。寤：觉悟。

(65) 发：抒发。

(66) 焉能：怎么能。此：指自己的理想，即求理想中的女子。

这是第六段。诗人开始离开现实世界,向幻想的天国境界求索神游。这是对理想追求的执著表现,其间设想了"三求女"的情节,却三次均告失败。

索藑茅以筳篿兮①,命灵氛为余占之②。曰:两美其必合兮,孰信修而慕之③。思九州之博大兮,岂唯是其有女④。曰:勉远逝而无狐疑兮⑤,孰求美而释女⑥。何所独无芳草兮⑦,尔何怀乎故宇⑧。世幽昧以眩曜兮⑨,孰云察余之善恶。民好恶其不同兮,惟此党人其独异。户服艾以盈要兮⑩,谓幽兰其不可佩。览察草木其犹未得兮,岂珵美之能当⑪。苏粪壤以充帏兮⑫,谓申椒其不芳。欲从灵氛之吉占兮⑬,心犹豫而狐疑。巫咸将夕降兮⑭,怀椒糈而要之⑮。百神翳其备降兮⑯,九疑缤其并迎⑰。皇剡剡其扬灵兮⑱,告余以吉故⑲。曰勉升降以上下兮⑳,求矩矱之所同㉑。汤禹严而求合兮㉒，挚咎繇而能调㉓。苟中情其好修兮㉔，又何必用夫行媒㉕。说操筑于傅岩兮㉖，武丁用而不疑㉗。吕望之鼓刀兮㉘，遭周文而得举㉙。宁戚戚讴歌兮㉚，齐桓闻以该辅㉛。及年岁之未晏兮㉜，时亦犹其未央㉝。恐鹈鴂之先鸣兮㉞，使夫百草为之不芳。何琼佩之偃蹇兮㉟，众薆然而蔽之㊱。惟此党人之不谅兮㊲，恐嫉妒而折之。时缤纷其变易兮㊳，又何可以淹留㊴。兰芷变而不芳兮，荃蕙化而为茅。何昔日之芳草兮，今直为此萧艾也㊵？岂其有他故兮㊶，莫好修之害也㊷。余以兰为可恃兮㊸，羌无实而容长㊹。委厥美以从俗兮㊺，苟得列乎众芳㊻。椒专佞以慢慆兮㊼，榝又欲充夫佩帏㊽。既干进而务入兮㊾，又何芳之能祗㊿？固时俗之流从兮(51)，又孰能无变化？览椒兰其若兹兮(52)，又况揭车与江离(53)。惟兹佩之可贵兮(54)，委厥美而历兹(55)。芳菲菲而难亏兮(56)，芬

至兮犹未沬[㊚]。和调度以自娱兮[㊛],聊浮游而
求女。及余饰之方壮兮[㊜],周流观乎上下。

① 索:取。蔓(qióng)茅:占卜用的茅草。筳:占卜用的小竹
　 片。篿:结草折竹占卜。

② 灵氛:占卜之师。

③ 孰:谁。信修:真正美好。慕:爱慕。

④ 岂唯:难道只有。是:这儿,这里,指楚国。

⑤ 勉:努力。远逝:远行。

⑥ 释女:丢开你,放过你。女,同"汝"。

⑦ 何所:何处。

⑧ 尔:你。怀:留恋。

⑨ 幽昧:黑暗。眩曜,使人眼花,迷乱。

⑩ 户:家家户户。服艾:挂野草,艾,一种有怪味的野草。盈
　 要:满腰。

⑪ 珵(chéng):美玉。

⑫ 苏:拾取。充帏:填满荷包。

⑬ 从:听从。

⑭ 巫咸:古代神巫。夕降:傍晚降神。

⑮ 怀：揣抱在怀中。椒糈：香草精米,均祭神时用。要：邀。

⑯ 翳：遮蔽,指蔽空之状。备：齐。

⑰ 九疑：九疑山。缤：缤纷。

⑱ 剡(yǎn)剡：光芒四射貌。扬灵：显灵。

⑲ 吉故：吉利的过去,一说吉占的缘故。

⑳ 升降：上升入地。

㉑ 矩矱(huò)：规矩尺度。

㉒ 严：同"俨",真诚。

㉓ 挚：伊尹,商汤贤臣。咎繇：皋陶,禹时贤臣。调：协调。

㉔ 苟：假如。

㉕ 行媒：做媒。

㉖ 说：傅说,殷高宗时贤相。筑：打墙用的工具。傅岩：
地名。

㉗ 武丁：殷高宗。

㉘ 吕望：姜尚,周朝开国贤臣,即姜太公。鼓刀：做屠夫。

㉙ 周文：周文王。得举：得到提拔。

㉚ 宁戚：春秋时卫国贤士。讴歌：喂牛时击牛角而歌。

㉛ 齐桓：齐桓公。该辅：任用为辅佐大臣。

㉜ 未晏：未晚。

㉝ 时：时间。犹：还。未央：未到极点，未到尽头。

㉞ 鹈鴂：子规鸟，即杜鹃。

㉟ 琼佩：玉佩。偃蹇：高贵貌。

㊱ 薆(ài)然：掩蔽。

㊲ 谅：直，一说相信。

㊳ 时：时势。

㊴ 淹留：停留，久留。

㊵ 直：一下子，直接。萧艾：恶草。

㊶ 他故：其他原因。

㊷ 莫：不。

㊸ 恃：依靠。

㊹ 羌：句首字。无实：无实在内涵。容长：徒有虚表。

㊺ 委：弃。厥美：它的美。

㊻ 苟：苟且。

㊼ 专佞：专横谗佞。慢慆：傲慢放纵。

㊽ 椴(shā)：似椒的一种草。充：填满。

㊾ 干进：钻营谋求个人进取。务入：使劲混入。

㊿ 祗：敬，尊重。

(51) 流从：从流，随从流俗。

(52) 若兹：还像这样。

(53) 又况：又何况。揭车、江离：均香草。

(54) 兹：这个。

(55) 历兹：到这个地步，至于此。

(56) 难亏：难亏损，难损坏。

(57) 沬：通“昧”，暗淡、消失。

(58) 和：和谐。

(59) 方壮：正美盛。

这是第七段。“求女”失败，再请灵氛占卜，求巫咸降神以询出路。灵氛告他去国远游，巫咸劝他留以求合，但都不合诗人之意，诗人矛盾痛苦，感叹世人变化无常。

灵氛既告余以吉占兮，历吉日乎吾将行[①]。折琼枝以为羞兮[②]，精琼爢以为粻[③]。为余驾飞龙兮，杂瑶象以为车[④]。何离心之可同兮[⑤]，吾将远逝以自疏[⑥]。邅吾道夫昆仑兮[⑦]，路修远以周流⑧。扬云霓之晻蔼兮⑨,鸣玉鸾之啾啾⑩。朝发轫于天津兮⑪,夕余至乎西极⑫。凤皇翼其承旂兮⑬,高翱翔之翼翼⑭。忽吾行此流沙兮⑮,遵赤水而容与⑯。麾蛟龙使梁津兮⑰,诏西皇使涉予⑱。路修远以多艰兮,腾众车使径待⑲。路不周以左转兮⑳,指西海以为期㉑。屯余车其千乘兮㉒,齐玉轪而并驰㉓。驾八龙之蜿蜿兮㉔,载云旗之委蛇㉕。抑志而弭节兮㉖,神高驰之邈邈㉗。奏《九歌》而舞《韶》兮,聊假日以媮乐㉘。陟升皇之赫戏兮㉙,忽临睨夫旧乡㉚。仆夫悲余马怀兮㉛,蜷局顾而不行㉜。

① 历：选择。

② 羞：珍肴。

③ 精：作动词,捣碎。琼靡(mí)：玉屑。粻(zhāng)：粮食。

④ 瑶象：美玉,象牙。

⑤ 此句谓离心离德的人怎么可以合作同处。

⑥ 远逝：远行。自疏：自我疏远。

⑦ 邅（zhān）：转向。

⑧ 周流：周游。

⑨ 扬：飞扬，举起。晻蔼：日光被遮蔽。

⑩ 啾啾：玉铃声。

⑪ 天津：天河，一说天河的渡口。

⑫ 西极：西方的尽头。

⑬ 翼：作动词，展翅。承旆：托起旌旗。

⑭ 翼翼：状飞翔的两翅均齐。

⑮ 流沙：地名，指西方沙漠地。

⑯ 赤水：水名。容与：犹豫，踌躇不前。

⑰ 麾：指挥。梁津：作为桥梁与渡口。

⑱ 诏：通告。西皇：西方之神，指少昊。涉予：渡我过去。

⑲ 腾：传言。径待：在路旁等待。一说径相侍卫。

⑳ 不周：不周山，神话中山名。

㉑ 西海：传说中西方的海。期：相会。

㉒ 屯：集合。

㉓ 齐：使整齐，作动词。玉𫐄（dài）：玉轮。

㉔ 蜿蜿：弯曲、屈曲貌。

㉕ 委蛇：同"逶迤"。

㉖ 抑志：抑制情绪，一说抑止云旗。弭节：放慢徐行。

㉗ 邈邈：遥远貌。

㉘ 假：借。媮乐：媮通"愉"，与"乐"同义。

㉙ 陟升：上升。皇：皇天。赫戏：光明貌。

㉚ 临睨：俯瞰。

㉛ 仆夫：车夫。怀：留恋。

㉜ 蜷（quán）局：马蜷缩不行。顾：回顾，回头。

　　这是第八段。诗人决心听从灵氛劝告，再次去国远游，寻求理想。诗篇展示天国神游情景，但毕竟爱国怀乡之心强烈，最终幻想破灭，重又回到现实人间。

　　以上是长诗的第二大部分，以女媭的劝告与向重华陈词，作为全诗的一大转折。诗人充分展开想象的翅膀，把众多的历史事件与神话传说糅合在一起，任意驱遣。为了追求理想的寄托，他上天入地，遨游天际，风云雷电都成了诗人的最好助手与工具。"路漫漫其修远兮，吾将上下而求索"，以"求女"为中心的天国漫游，展示了天国神奇的图景。

然而,离开现实世界的天国神游,并不能如愿以偿,理想在与现实的相撞中往往宣告破灭。于是,诗人又不得不重回楚国故土——一个无法摆脱的楚国眷恋情结之中。

> 乱曰①:已矣哉②!国无人莫我知兮③,又何怀乎故都。既莫足与为美政兮④,吾将从彭咸之所居⑤。

① 乱曰:尾声词。

② 已矣哉:罢了啊。已,止。

③ 莫我知:莫知我,不了解我。

④ 美政:美好的政治,指屈原的美政理想。

⑤ 彭咸:传说中的贤士,最终投水而亡。

全诗的尾声虽然简短,却是诗人心声的绝唱。它告诉世人:诗人的理想抱负既然不能实现,国中又无人能理解自己,那么选择"从彭咸之所居"——投水自尽——便是最后的最好归途。

对《离骚》的题义，历来争议颇多。现代学者游国恩认为"离骚"具双重含义：其一，表明其系楚国的一种曲名，与《大招》诗中"劳商"曲名相通；其二，寓意牢骚与不平。这一说法，已为多数学者所接受。对屈原创作《离骚》的诗旨，司马迁在《史记·屈原列传》中曾明确指出："屈平疾王听之不聪也，谗谄之蔽明也，邪曲之害公也，方正之不容也，故忧愁幽思而作《离骚》。……屈平正道直行，竭忠尽智以事其君，谗人间之，可谓穷矣。信而见疑，忠而被谤，能无怨乎？屈平之作《离骚》，盖自怨生也。"屈原创作《离骚》，也充分证明了他自己在《惜诵》篇中所说的"发愤以抒情"，显示了"愤怒出诗人"的真谛。

《离骚》一诗，"好色而不淫"，"怨诽而不乱"，是《诗经》基础上的发展，它熔艺术与人格于一炉，文约辞微，志洁行廉，文小而旨大，举类迩而见义远，诗中所透出的诗人之志，"虽与日月争光可也"。

《离骚》在中国诗歌史上毫无疑问是一座丰碑，由于它，中国诗坛上从此站立起了一位卓立千代的伟大诗人;也由于它,中国诗歌史从此开创了一个新的时代,创立了一种新的诗体,并极大地影响了之后的千秋百代。屈原以其惊人的天才创作了《离骚》,而《离骚》的问世,又玉成了屈原的千古名声,刘勰称《离骚》"金相玉质,百世无匹"、"气往轹古,辞来切今,惊采绝艳,难与并能",可谓毫不过誉。

　　长达三百七十多句、二千四百多字的这首叙事性抒情长诗,堪称屈原的生平自传,也是屈原发自肺腑的心灵之歌,它唱给楚国君主,也唱给楚国人民,它以厚实的内涵,丰富的想象,惊人的辞采,赤热的心怀,向世人,向后代,展示了一位哲人的胸怀、智慧、理想和追求,其以生命自尽而告终的誓言震铄千古、百代流芳。

九歌

东 皇 太 一

吉日兮辰良①,穆将愉兮上皇②。抚长剑

分玉珥③,璆锵鸣兮琳琅④。瑶席兮玉瑱⑤,盍将把兮琼芳⑥。蕙肴蒸兮兰藉⑦,奠桂酒兮椒浆⑧。扬枹兮拊鼓⑨,疏缓节兮安歌⑩。陈竽瑟兮浩倡⑪。灵偃蹇兮姣服⑫,芳菲菲兮满堂。五音纷兮繁会⑬,君欣欣兮乐康。

① 辰良:即良辰。

② 穆:肃穆。愉:乐,娱乐。

③ 珥:剑柄与剑身相接处,俗称剑鼻。

④ 璆锵(qiú qiāng):佩玉相撞击发出的声响。琳琅:美玉。

⑤ 瑶席:用瑶草编的席。瑶,香草。玉瑱:用玉制成的压镇坐席的器。瑱,同"镇"。

⑥ 盍:合。将:拿起。把:握持。

⑦ 蕙:香草。肴蒸:古代一种肉食,放在俎里的大块肉。兰藉:兰草编的垫子。

⑧ 奠:祭奠,一说安放。椒浆:加椒香料的酒。

⑨ 扬:举起。枹(fú):鼓槌。拊:击。

⑩ 疏缓节:音乐的节拍舒缓。安歌:唱歌者意态安详。

⑪ 陈：列。倡：唱。

⑫ 灵：神灵，此指巫女。偃蹇：高贵，一说仪态之繁盛。姣
　服：美丽服装。

⑬ 五音：指宫、商、角、徵、羽。繁会：音调繁多、交响合奏。

　　《九歌》是一组颇富原始风味、具有浪漫色彩的诗
歌，它是屈原依据传说中民间祭神的原始《九歌》加工
改制而成。虽然我们已无法辨出原始《九歌》的原貌，
但从《九歌》这十一首诗篇所描绘的诸神及祭礼中，还
是可以大致推断《九歌》创作的实际意义，以及原始《九
歌》的大概面貌。

　　从《九歌》描绘的诸神及其祭礼场面和氛围来看，
我们可以认为它本质上是上古时代楚民祈雨、祈农业丰
收，并与性爱、生育繁衍相结合的原始祭歌的再创造，既
具有庄重的祭神气氛（如《东皇太一》），又具有瑰丽浪
漫的情爱色彩（如《湘君》、《湘夫人》、《山鬼》等），它是
楚人借助祭神配以男女社交风俗的记录与体现，是情爱
与祭神相结合的产物。

　　组诗在艺术表现上杂糅了神与神、人与神的缠绵情爱、悲欢离合,展示出一幅幅美妙动人的画面,使读者仿佛置身于奇丽的境界之中。其中的篇章或欢快、或庄严、或悲郁,以富有想象的生动描画,给读者留下了深刻印象。

　　这首诗所祭的东皇太一在《九歌》所祭诸神中为最尊贵,故列为首章。它篇幅短小,却风格独异,别具情调。

　　对于东皇太一是什么神,历来争议甚大,说其为天神没问题,但他应是哪种天神,却尚待确考。

　　全诗自始至终笼罩着庄重、肃穆的气氛,同时又贯穿了热烈欢快的情绪。诗的前半部分准备迎接神的降临,一切准备工作都围绕祭祀场面、陈设展示;后半部分,神安康地降临了,则整个场面呈现出热烈、欢快的气氛,笙箫齐鸣,钟鼓同奏,一片喜气洋洋。

云　中　君

　　浴兰汤兮沐芳[①],华采衣兮若英[②]。灵连
蜷兮既留[③],烂昭昭兮未央[④]。蹇将憺兮寿

宫⑤,与日月兮齐光。龙驾兮帝服⑥,聊翱游兮周章⑦。灵皇皇兮既降⑧,猋远举兮云中⑨。览冀州兮有余⑩,横四海兮焉穷⑪。思夫君兮太息,极劳心兮忡忡⑫。

① 浴:浴身。汤:热水,兰汤,热水中浸泡了兰草。沐:洗发。

② 华采:指衣服的美丽色彩。若英:像花朵一样。

③ 连蜷:指云的形象,盘旋宛曲。一说留连。

④ 烂:光明。昭昭:明亮。未央:无极。

⑤ 蹇:句首词。憺(dàn):安。寿宫:寝堂,供神之堂。一说云中君所在天庭之宫。

⑥ 龙驾:龙车。帝服:天帝之服。

⑦ 聊:姑且。周章:周旋。

⑧ 皇皇:煌煌。

⑨ 猋(biāo):很快的样子。远举:远飞。

⑩ 冀州:中国代称。

⑪ 四海:指中国以外。焉穷:何尽。

⑫ 忡忡:心神不定,心忧。

本篇祀云神。由于自然界云和雨不可分开,故神话传说中云神与雨神也紧密相连。从诗中可见,云雨两者是纠缠在一起的。

诗篇对云作了拟人化的描述,既有外貌的形象描绘,也有飘浮行动的具体描写,可谓栩栩如生,跃然纸上。本篇寄寓了当时人民对自然界云雨之神的祈祷与企盼。

湘　君

君不行兮夷犹①,蹇谁留兮中洲。美要眇兮宜修②,沛吾乘兮桂舟③。令沅湘兮无波,使江水兮安流。望夫君兮未来,吹参差兮谁思④。驾飞龙兮北征,邅吾道兮洞庭⑤。薜荔柏兮蕙绸⑥,荪桡兮兰旌⑦。望涔阳兮极浦⑧,横大江兮扬灵⑨。扬灵兮未极⑩,女婵媛兮为余太息⑪。横流涕兮潺湲,隐思君兮陫侧。桂櫂兮兰枻⑫,斲冰兮积雪⑬。采薜荔兮水中,搴芙蓉兮木末⑭。心不同兮媒劳⑮,恩不甚兮轻绝⑯。石濑兮浅浅⑰,飞龙兮翩翩⑱。交不忠兮怨长⑲,期不信兮告余以不闲⑳。鼂骋骛兮江皋㉑,夕弭节兮北渚㉒。鸟次兮屋上㉓,水周兮堂下㉔。捐余玦兮江中㉕,遗余佩兮醴浦㉖。采芳洲兮杜若,将以遗兮下女㉗。时不可兮再得㉘,聊逍遥兮容与㉙。

① 夷犹:犹豫。

② 要眇(yāo miǎo):美好。宜修:美得恰到好处。

③ 沛:船快行的样子。桂舟:桂木做的船。

④ 参差:箫的别名,一说排箫。

⑤ 邅(zhān):转道,改变方向。

⑥ 柏:通"帛"。

⑦ 桡:旗杆上的曲柄。一说船桨。旌:旗杆上头的装饰。

⑧ 极浦:远处的水边。

⑨ 扬灵:显圣。一说扬帆前进。

⑩ 未极:未到达。

⑪ 婵媛：喘息。

⑫ 櫂(zhào)：长桨。枻(yì)：短桨。

⑬ 斲：斫，砍。枳：击。

⑭ 搴(qiān)：拔，摘取。木末：树梢。

⑮ 媒劳：媒人劳而无功。

⑯ 恩不甚：恩爱不深。轻绝：轻易弃绝。

⑰ 濑：沙石间的流水。

⑱ 飞龙：湘君所乘之船。

⑲ 交：结交。怨长：长久抱怨。

⑳ 期：约会。不信：不守信。

㉑ 鼌：通"朝"，早晨。江皋：江水边之地。

㉒ 弭节：停车。北渚：北面的小洲。

㉓ 次：栖宿。

㉔ 周：环绕。

㉕ 捐：弃，丢下。玦：圆形玉器，似环而有缺口。

㉖ 遗：弃。佩：玉佩。醴浦：醴水边。

㉗ 遗：赠。

㉘ 时：时光。

㉙ 容与：宽适，从容。

本篇和《湘夫人》篇虽各自为题、独立成篇,其实是合而为一的整体,他们都是湘水之神。诗的结构、语气也浑为一体,表现的主题也是共同的,即抒发一种生死契阔、会合无缘的悲痛心理。

关于湘君、湘夫人的具体所指,历来说法甚多,有舜与二妃娥皇、女英分别为湘君、湘夫人说,有天帝之二女说,有舜之二女说,有洞庭山神说、洞庭湖配偶神说,等等。总之,是流传于湘水一带的神女传说。

从诗篇所写可以见出,因候人不至,主人公彷徨、怅惘而心神不安,由此显出对爱情的忠贞与始终不渝,这是诗篇的核心所在。全诗对人物的心理状态及环境气氛烘托描写,却十分形象贴切,达到了水乳交融的地步。

湘 夫 人

帝子降兮北渚①,目眇眇兮愁予②。嫋嫋兮秋风③,洞庭波兮木叶下。登白薠兮骋望④,与佳期兮夕张⑤。鸟何萃兮薠中⑥,罾何为兮木上⑦。沅有芷兮醴有兰,思公子兮未敢言。慌惚兮远望,观流水兮潺湲。麋何食兮庭中⑧?蛟何为兮水裔⑨?朝驰余马兮江皋,夕济兮西澨⑩。闻佳人兮召予,将腾驾兮偕逝⑪。筑室兮水中,葺之兮荷盖⑫。荪壁兮紫坛⑬,匊芳椒兮盈堂⑭。桂栋兮兰橑⑮,辛夷楣兮药房⑯。罔薜荔兮为帷⑰,擗蕙櫋兮既张⑱。白玉兮为镇,疏石兰兮为芳⑲。芷葺兮荷屋⑳,缭之兮杜衡㉑。合百草兮实庭,建芳馨兮庑门㉒。九嶷缤兮并迎,灵之来兮如云。捐余袂兮江中,遗余褋兮醴浦㉓。搴汀洲兮杜若,将以遗兮远者。时不可兮骤得,聊逍遥兮容与。

① 帝子:公子,指湘夫人。

② 眇眇:眯眼远望。愁予:使我愁。一说忧愁。

③ 嫋(niǎo)嫋:微风吹拂貌。

④ 白蘋(fán):长白蘋草之地。骋望:纵目而望。

⑤ 佳期:与佳人约会的时间。夕张:傍晚张设帷帐。

⑥ 萃：集。蘋：水草。

⑦ 罾(zēng)：渔网。

⑧ 麋(mí)：鹿类动物。

⑨ 水裔：水边。

⑩ 澨(shì)：水边。

⑪ 偕逝：同去。

⑫ 葺：用草盖房，此指用荷叶盖房。

⑬ 荪：荪草。紫：紫贝。

⑭ 匊：同"播"，散播。此句及以下句中的植物均为香草。

⑮ 栋：屋梁。橑：屋椽。

⑯ 楣：门户上的横梁。药：白芷。

⑰ 罔：编结。

⑱ 擗：用手剖开。㯑(mián)：隔扇，一说屋檐板。

⑲ 疏：稀疏布种。

⑳ 葺：加盖。

㉑ 缭：缭绕。

㉒ 庑门：指庑和门，庑是堂下四周的屋子。

㉓ 遗：丢弃。褋：贴身穿的内衣。

　　读此诗(包括《湘君》)给人的感受是缠绵悱恻、情意不绝。从风格上讲,此诗与《湘君》篇几乎一致,只是叙述、抒写角度不同——主人公换了,然两者所表达的情感则如出一辙,都是因等候心上人不至而忐忑不安,表现了对爱情忠贞不贰,始终如一。

　　此诗用香花美草装饰相约处的成分似比《湘君》更浓,或许是描写对象不同的缘故吧。

大　司　命

　　广开兮天门,纷吾乘兮玄云①。令飘风兮先驱,使冻雨兮洒尘②。君回翔兮已下,逾空桑兮从女③。纷总总兮九洲,何寿夭兮在予④。高飞兮安翔,乘清气兮御阴阳⑤。吾与君兮齐速,道帝之兮九坑⑥。灵衣兮被被⑦,玉佩兮陆离⑧。壹阴兮壹阳⑨,众莫知兮余所为。折疏麻兮瑶华⑩,将以遗兮离居⑪。老冉冉兮既极⑫,不寖近兮愈疏⑬。乘龙兮辚辚,高驼兮冲天⑭。结桂枝兮延伫,羌愈思兮愁人⑮。愁人兮奈何,愿若今兮无亏⑯。固人命兮有当⑰,孰离合兮可为⑱。

① 纷:盛多,形容玄云。玄云:黑中透红的云。

② 冻雨:暴雨。

③ 逾:越过。空桑:神话中之山名。

④ 此句说为何寿命的长短都在我大司命手中。一说为何寿命的长短都由您大司命给予。

⑤ 乘:乘车。御:驾驭车马。此处乘、御均为驾驭之意。

⑥ 九坑:九冈,山名。一说九冈即九州。

⑦ 被被:同"披披",衣服飘动的样子。

⑧ 陆离:光彩闪耀。

⑨ 壹阴壹阳:指或阴或阳,变化无端。一说犹言一死一生。

⑩ 疏麻:神麻。瑶华:一种香草之花。

⑪ 遗:赠送。离居:离居者,指大司命。

⑫ 冉冉:渐渐。极:到尽点。

⑬ 寖(qīn)近：稍稍亲近。愈疏：更加疏远。

⑭ 驼：同"驰"。

⑮ 愁人：使人愁。羌：语首词。

⑯ 若今：如今。

⑰ 固：本来。当：正常。

⑱ 孰：何。离合：指人与神的离合。

　　大司命是司人寿夭之神，因而在一般人心目中自然是十分重要的神。因为生命无常、死生在天，人们无法把握自己的生命，为了延续天年，不能不以最虔诚的心情祈求司命之神。

　　本篇所写大司命神形象，由于其本身的职能与作用，因而显得严肃而带有神秘性，情感色彩自然与"二湘"神不可同日而语。

　　对司命神的虔诚与祈祷，反映了上古时代人民对生命重要性的粗浅认识，以及人难以主宰自己命运而发出的呼唤。

少 司 命

秋兰兮蘪芜^①,罗生兮堂下^②。绿叶兮素枝,芳菲菲兮袭予。夫人自有兮美子,荪何以兮愁苦^③?秋兰兮青青,绿叶兮紫茎。满堂兮美人,忽独与余兮目成^④。入不言兮出不辞^⑤,乘回风兮载云旗^⑥。悲莫悲兮生别离,乐莫乐兮新相知。荷衣兮蕙带,倏而来兮忽而逝^⑦。夕宿兮帝郊^⑧,君谁须兮云之际^⑨?与女游兮九河^⑩,冲风至兮水扬波^⑪。与女沐兮咸池^⑫,晞女发兮阳之阿^⑬。望美人兮未来,临风恍兮浩歌^⑭。孔盖兮翠旌^⑮,登九天兮抚彗星^⑯。竦长剑兮拥幼艾^⑰,荪独宜兮为民正^⑱。

① 蘪芜:香草。

② 罗生:并列而生。堂:指祭祀神堂。

③ 荪:香草,此指神。

④ 目成：目光传递情意，眉目传情。

⑤ 辞：辞别。

⑥ 回风：旋风。

⑦ 倏而：倏然，意指不告而来。

⑧ 帝：天帝之郊，天国郊野。

⑨ 须：等待。

⑩ 女：同"汝"。九河：水名。

⑪ 冲风：指直吹而来的风。

⑫ 咸池：神话中的水名。

⑬ 晞：晒干。阳之阿：神话中日出之旸谷。一说面阳的
　　山谷。

⑭ 临风：迎风。恍：恍惚，失意貌。

⑮ 孔盖：孔雀羽毛为车盖。翠旌：翡翠鸟羽毛为旌。

⑯ 抚：用手按着。

⑰ 竦：挺着。幼艾：泛指少年。

⑱ 为民正：为民之主。

　　少司命是司子嗣之神，她主管人间的生育。为了子
孙后代的延续人们自然也对她顶礼膜拜，恭敬有加。

据说,大司命是严肃的男神,而少司命则是年轻貌美而又温柔多情的女神,这大约同生育主要由女子承担有关。正由于此,在诗篇的情感色彩上,本诗与《大司命》相比,显然多了属于情爱方面的内容与情调,读起来与"二湘"诗有相似之处。

诗中"悲莫悲兮生别离,乐莫乐兮新相知"二句,道出了人间悲欢离合的生活真谛,故被传为深含人生哲理的佳句。

东　君

　　暾将出兮东方①,照吾槛兮扶桑②。抚余马兮安驱,夜皎皎兮既明。驾龙辀兮乘雷③,载云旗兮委蛇④。长太息兮将上,心低徊兮顾怀。羌声色兮娱人,观者憺兮忘归⑤。絙瑟兮交鼓⑥,箫钟兮瑶簴⑦。鸣篪兮吹竽⑧,思灵保兮贤姱⑨。翾飞兮翠曾⑩,展诗兮会舞⑪。应律兮合节⑫,灵之来兮蔽日。青云衣兮白霓裳,举长矢兮射天狼⑬。操余弧兮反沦降⑭,援北斗兮酌桂浆⑮。撰余辔兮高驼翔⑯,杳冥冥兮以东行⑰。

① 暾(tūn):旭日。

② 槛(jiàn):阑干。扶桑:东方的神树。

③ 辀(zhōu):车辕,此代指车。

④ 委蛇(yí):逶迤,飘卷貌。

⑤ 憺:安,一说贪恋。

⑥ 縆(gēng):紧张,绷紧。交鼓:相对击鼓。

⑦ 瑶:同"摇"。簴(jù):悬挂钟鼓的木架。

⑧ 篪(chí):古代竹制管乐器。

⑨ 灵保:巫。贤姱:温柔美好。

⑩ 翾(xuān):小飞,轻飞。翠曾:像翡翠鸟般举翅,指舞姿。

　　曾,"翂"(zēng)的假借字,展翅飞翔。

⑪ 展诗:唱诗。会舞:合舞。

⑫ 应律:合音律。合节:合节拍。

⑬ 矢：箭。天狼：天上的星辰名,恶星。

⑭ 弧：弓。沦降：降落,使天狼散坠。反：反身射。

⑮ 援：拿起。北斗：星名,形似斗。

⑯ 撰：拿,抓。辔：缰绳。驼：驰。

⑰ 杳：深远貌。冥冥：黑暗。

    此诗祭祈的是太阳,这是人们一年四季不可离的日神,因而颂辞也显得热烈隆重,与首篇《东皇太一》似有异曲同工之处。

    诗篇既写出了日神——太阳初升至高挂中天的光辉景象,又写出了大地上人们对它的热切期盼与隆重欢迎——钟鼓齐鸣、八方乐奏。全诗充满了对太阳的无限崇敬和衷心礼赞。

    与《九歌》其他篇章相比,本诗尤显得色彩光艳、浓烈,是上古时代一篇很有风格特色的颂日诗。

河　伯

与女游兮九河,冲风起兮水横波。乘水车

兮荷盖,驾两龙兮骖螭^①。登昆仑兮四望,心飞
扬兮浩荡。日将暮兮怅忘归,惟极浦兮寤怀^②。
鱼鳞屋兮龙堂^③,紫贝阙兮朱宫^④。灵何为兮
水中?乘白鼋兮逐文鱼^⑤,与女游兮河之渚,流
澌纷兮将来下^⑥。子交手兮东行^⑦,送美人兮
南浦。波滔滔兮来迎,鱼鳞鳞兮媵予^⑧。

① 骖(cān):原指四匹马驾车的外两匹马,此作动词,指外两
　　匹是螭,即无角龙。

② 极浦:极远的水边。寤怀:寤寐思怀,言极为思念。

③ 鱼鳞屋:鱼鳞为屋。龙堂:龙鳞为堂。

④ 紫贝阙:用紫贝(一种珍贵的海贝)装饰门楼。阙:指宫门
　　前两边楼台。

⑤ 鼋(yuán):大鳖。

⑥ 流澌:流水。一说溶化的冰块。

⑦ 子:您,指河伯。交手:握手告别。一说拱手作别。

⑧ 鳞鳞:众多貌。媵:陪伴。

本诗着重写了河伯神的恋爱，而未涉及祭祀内容，在《九歌》中别具一格。

河伯即黄河之神。由楚人而祭祀河神，可知楚国在历史上曾把自己的疆域扩大到黄河边。

全诗感情上洋溢着不欢而别的悲感，这是由传说中的河神恋爱本事决定的。诗篇在描摹这种感情色彩时，文笔婉丽清新，刻画得细腻妥帖，读者是能从字里行间体味得到的。

这篇与"二湘"篇同为《九歌》组诗中祭祀、讴歌水神的作品，体现了南方楚文化对水的偏重。

山　　鬼

若有人兮山之阿①，被薜荔兮带女萝②。既含睇兮又宜笑③，子慕予兮善窈窕④。乘赤豹兮从文狸⑤，辛夷车兮结桂旗⑥。被石兰兮带杜衡⑦，折芳馨兮遗所思⑧。余处幽篁兮终不见天⑨，路险难兮独后来。表独立兮山之上⑩，云容容兮而在下。杳冥冥兮羌昼晦⑪，东风飘兮神灵雨⑫。留灵修兮憺忘归，岁既晏兮孰华予⑬。采三秀兮於山间⑭，石磊磊兮葛蔓蔓⑮。怨公子兮怅忘归，君思我兮不得闲。山中人兮芳杜若⑯，饮石泉兮荫松柏⑰，君思我兮然疑作⑱。雷填填兮雨冥冥⑲，猨啾啾兮又夜鸣。风飒飒兮木萧萧，思公子兮徒离忧⑳。

① 若：好像，一说那儿。山之阿：山的深处，一说山的一角。
② 被：披。带女萝：以女萝为带，女萝，松萝，地衣类植物。
③ 含睇：含情而视。宜笑：笑得自然。
④ 子：指公子。予：山鬼自指。
⑤ 文狸：毛色有花纹的狸。
⑥ 辛夷：香草。
⑦ 石兰、杜蘅：香草名。
⑧ 遗：赠。所思：指被思念者。
⑨ 幽篁：竹林深处。
⑩ 表：突出，特。

⑪ 昼晦：白日光线昏暗。羌：语助词。

⑫ 神灵雨：神灵降雨。

⑬ 岁既晏：指年岁已老。孰华予：谁给我宠爱，谁给我光彩。

⑭ 三秀：芝草，一年开三次花。於山：巫山，一说於为在。

⑮ 磊磊：众石堆聚。蔓蔓：连结缠绕。

⑯ 山中人：指山鬼。芳杜若：像杜若一样芬芳。杜若，芳草。

⑰ 荫松柏：以松柏为荫。

⑱ 然疑作：肯定与怀疑并生。

⑲ 填填：雷声。

⑳ 徒：空，徒然。

　　本诗在描写上有两个突出长处：一是对山鬼本身神态、外貌的描摹极为形象、生动，犹如展示了一幅肖像，山鬼窈窕动人的情致，令人叫绝；二是山鬼对公子的痴情，被刻画表现得惟妙惟肖，"怨公子兮怅忘归"、"君思我兮不得闲"、"君思我兮然疑作"、"思公子兮徒离忧"，双方渴慕挚爱之情，凝聚在句里行间浓得化不开。
　　以山中的自然环境衬托人物的心理状态在诗中也

表现得十分突出,这是中国古代山水描写的早期萌芽之作。

《山鬼》篇历来被读者视作《九歌》中最令人怦然心动、可反复吟诵的佳作。

国　殇

操吴戈兮被犀甲①,车错毂兮短兵接②。旌蔽日兮敌若云,矢交坠兮士争先③。凌余阵兮躐余行④,左骖殪兮右刃伤⑤。霾两轮兮絷四马⑥,援玉枹兮击鸣鼓⑦。天时坠兮威灵怒⑧,严杀尽兮弃原野⑨。出不入兮往不反,平原忽兮路超远⑩。带长剑兮挟秦弓,首身离兮心不惩⑪。诚既勇兮又以武⑫,终刚强兮不可凌。身既死兮神以灵,子魂魄兮为鬼雄。

① 操:持,拿。被:披。
② 错毂:战车轮子相交错。

③ 矢交坠：箭交相坠落。

④ 凌：侵犯。躐(liè)：践踏。

⑤ 骖(cān)：边马。殪：倒地而死。

⑥ 霾(mái)：埋，指车轮陷入泥中。

⑦ 援：拿。玉枹(fú)：用玉装饰的鼓槌。

⑧ 天时：天象。坠：怨怒，一说坠下。

⑨ 严杀尽：战场上的杀气结束。弃原野：指尸横遍野。

⑩ 忽：远，辽阔。

⑪ 首身离：头与身分离，即牺牲。

⑫ 诚：实在，诚然。

　　这是一首气壮山河的悲壮战歌，它极真实地写出了楚国将士为楚国英勇奋战的气概和勇气，字里行间透出的是一股惊天地、泣鬼神的气势和大无畏精神，读之令人顿生敬慕、感慨与悲悼。

　　诗本身自然是一首祭歌，属于《九歌》组诗中祭天神、地祇、人鬼的组成部分之一，所祭对象乃是为楚国战死疆场的英勇将士。但诗篇透出的，是作者屈原高度赤烈的爱国爱民的深挚感情,我们从中可一窥诗人屈原激烈跳动的爱国之心。

对《国殇》篇的内容所指,历来有争议,应该认为,这是配合楚国国家祭祀而列入的重要内容——对阵亡将士的追悼与怀念。

礼　　魂

盛礼兮会鼓①,传芭兮代舞②,姱女倡兮容与③。春兰兮秋菊,长无绝兮终古。

① 盛礼:祭祀告成。会鼓:鼓声齐作。
② 传芭:巫女跳舞时传递花朵。芭:香草名。代舞:交替、轮流歌舞。
③ 姱女:美女。倡:唱。容与:从容。

有人以为这首《礼魂》乃“礼”全部《九歌》的所有神祇、人鬼,或可称送神曲,而《东皇太一》则为迎神曲

（如闻一多即持此说）。

但细加推敲，从魂的角度理解，似"礼魂"所"礼"之"魂"为"国殇"之魂，更为妥帖，因为神是永存的，无所谓"魂"。故此，《礼魂》与《国殇》合为一观，或称《礼魂》是《国殇》的副歌，更为确切，因为它所唱的"长无绝兮终古"之对象，只能是已阵亡的楚国将士，而不可能是众神。

作为《九歌》的"尾声"，《礼魂》简短而隽永，言有尽而意无穷，是全部组诗的升华之笔。

九章

惜　诵

惜诵以致愍兮①，发愤以杼情。所非忠而言之兮，指苍天以为正②。令五帝以折中兮③，戒六神与向服④。俾山川以备御兮⑤，命咎繇使听直⑥。竭忠诚以事君兮，反离群而赘肬⑦。

忘儇媚以背众兮⑧，待明君其知之。言与行其可迹兮⑨，情与貌其不变。故相臣莫若君兮，所以证之不远⑩。吾谊先君而后身兮⑪，羌众人之所仇⑫。专惟君而无他兮，又众兆之所仇⑬。壹心而不豫兮⑭，羌不可保也。疾亲君而无他兮，有招祸之道也。思君其莫我忠兮，忽忘身之贱贫。事君而不贰兮，迷不知宠之门⑮。忠何罪以遇罚兮，亦非余心之所志。行不群以巅越兮⑯，又众兆之所咍⑰。纷逢尤以离谤兮⑱，謇不可释。情沉抑而不达兮⑲，又蔽而莫之白⑳。心郁邑余侘傺兮㉑，又莫察余之中情。固烦言不可结诒兮，愿陈志而无路。退静默而莫余知兮，进号呼又莫吾闻。申侘傺之烦惑兮㉒，中闷瞀之忳忳㉓。昔余梦登天兮，魂中道而无杭㉔。吾使厉神占之兮㉕，曰有志极而无旁㉖。终危独以离异兮㉗？曰君可思而不可恃㉘。故众口其铄金兮㉙，初若是而逢殆㉚。惩于羹者而吹韲兮㉛，何不变此志也？欲释阶而登天兮㉜，犹有曩之态也㉝。众骇遽以离心兮㉞，又何以为此伴也？同极而异路兮㉟，又何以为此援也㊱？晋申生之孝子兮㊲，父信谗而不好。行婞直而不豫兮㊳，鲧功用而不就㊴。吾闻作忠以造怨兮㊵，忽谓之过言。九折臂而成医兮㊶，吾至今而知其信然。矰弋机而在上兮㊷，罻罗张而在下㊸。设张辟以娱君兮㊹，愿侧身而无所㊺。欲儃佪以干傺兮㊻，恐重患而离尤㊼。欲高飞而远集兮，君罔谓汝何之㊽。欲横奔而失路兮，坚志而不忍。背膺牉而交痛兮㊾，心郁结而纡轸㊿。捣木兰以矫蕙兮(51)，糳申椒以为粮(52)。播江离与滋菊兮，愿春日以为糗芳(53)。恐情质之不信兮(54)，故重著以自明(55)。矫兹媚以私处兮(56)，愿曾思而远身(57)。

① 惜诵：以悼惜心情叙述。致愍(mǐn)：表达内心忧苦。

② 正：证。苍天：上苍，上天。

③ 五帝：五方之神，具体是东方太皞、南方炎帝、西方少昊、北方颛顼、中央黄帝。折中：不偏不倚，作中正判断。

④ 戒：告诫。六神：上下四方之神。与：给。向服：对质，对证。

⑤ 俾：使。备御：齐侍候，此指陪审。

⑥ 咎繇(gāo yáo)：皋陶。听直：听诉讼，断案。

⑦ 离群：遭众人排斥。赘肬(zhuì yóu)：多余的肉瘤。

⑧ 儇(xuān)媚：狡狯讨好人。背众：违背众人。

⑨ 可迹：可以考证，可以印证。

⑩ 此句指用以证明的方法不需远求。

⑪ 谊：义，指做人行事的道理或准则。

⑫ 此句说被众人所仇。

⑬ 众兆：万众，绝大多数人。仇(chóu)，怨恨。

⑭ 此句说专心而不犹豫。

⑮ 宠之门：得宠的窍门。

⑯ 行不群：行为不合流俗，不能见容于群小。巅越：堕落。

⑰ 咍(hāi)：嗤笑。

⑱ 纷：多。逢尤：遭责怪。离：遭。

⑲ 沉抑：沉闷压抑。

⑳ 莫之白：不能将其表白。

㉑ 郁邑：苦闷，心有郁愤而不能表白。侘傺(chà chì)：失意，神思恍惚。

㉒ 申：再三。

㉓ 闷瞀(mào)：忧闷烦乱。忳忳：忧伤貌。

㉔ 杭：通"航"，中道无杭，指中途遇障碍，无法前行。

㉕ 厉神：大神。一说神巫。

㉖ 有志极：心志有希望达到目的。无旁：缺少辅助。

㉗ 终：终于，终究，此为屈原问话。

㉘ 恃：依靠。

㉙ 此句指众人之口毁谤，足可熔化金属。

㉚ 初若是：从来就如此。逢殆：遭遇危险。

㉛ 惩：惩戒。羹：滚烫的汤。齑：凉菜。

㉜ 释阶：丢下梯子。

㉝ 曩：以往。

㉞ 骇遽：惊慌。

㉟ 同极异路：同一目的的不同道路，一说相同出身不同道路。

㊱ 援：援助，攀援。

㊲ 晋申生：春秋时晋献公太子。

㊳ 婞(xìng)直：刚直。豫：犹豫，一说厌。

㊴ 鮌(gǔn)：同"鲧"，传说的禹之父，治水不成。就：完成。

㊵ 作忠：做忠臣。

㊶ 九：虚指，意谓多次。

㊷ 矰(zēng)弋：带丝绳的射鸟短箭。机：安装。

㊸ 罻(wèi)罗：捕鸟的网。张：张设。

㊹ 设张辟：指小人设下陷害的圈套。娱君：娱同虞，欺骗君主。

㊺ 侧身：厕身。无所：无处藏身。

㊻ 儃(chán)佪：徘徊。干傺：寻求机会。

㊼ 离：罹，遭到。尤：责怪。

㊽ 罔：得无，表揣测、疑问。一说诬罔。之：往。

㊾ 膺：胸口。牉(pàn)：分裂。

㊿ 纡轸：委屈、隐痛。

(51) 捣：捣碎。矫：挢、揉、搅拌。

(52) 糳：同"舂"。

(53) 糗：干粮，干饭屑。

(54) 情质：内情本质。信：伸，一说相信。

(55) 重著：一再申说。

(56) 矫：举起。媚：美好。私处：独处。

(57) 曾思：层层细思，一说反复思考。远身：隐身远去。

《九章》，按内容与风格分类，应与《离骚》同属一个类型。它实际上可称是《离骚》的展开部分——尤其是《离骚》的上半部分。因此，说《九章》是屈原身世经历的实录及抒情，大致不差。

当然，《九章》的所谓实录，并非平铺直叙，而是运用了多种艺术表现手法，致使九首诗篇各有风致，各显其彩。

与屈原作品的其他部分不同，《九章》的命名，并不出自屈原之手，而是由整理楚辞的西汉人刘向另加上去的，故而朱熹在《楚辞集注》中会说："后人辑之，得其九章，合为一卷，非必出于一时之言也。"

《九章》中的九首诗，是否均出于屈原，历来争议较大，真伪难定。在没有更为确凿的出土文物、考古资料及文献材料可以证明之前，我们权且认为《汉书·艺文志》所载不误,把《九章》中的九篇作品的著作权均归屈原。

从本篇看,诗人表述自己的忠贞与清白,不愿与世俗同流合污的心志,十分明确而坚决,这是屈原终其一生而奉行的做人为官准则。

本诗在刻画人物心理状态与矛盾冲突时,语言显示了真挚、鲜明的特点,并运用了一些精炼而又生动朴素的民间习语,值得称道。

涉　　江

余幼好此奇服兮①,年既老而不衰。带长铗之陆离兮②,冠切云之崔嵬③。被明月兮珮宝璐④。世溷浊而莫余知兮⑤,吾方高驰而不顾⑥。驾青虬兮骖白螭⑦,吾与重华游兮瑶之圃⑧。登昆仑兮食玉英⑨,与天地兮同寿,与日月兮齐光。哀南夷之莫吾知兮,且余济乎江湘。乘鄂渚而反顾兮⑩,欸秋冬之绪风⑪。步余马兮山皋,邸余车兮方林⑫。乘舲船余上沅兮⑬,齐吴榜以击汰⑭。船容与而不进兮⑮,淹回水而疑滞⑯。朝发枉陼兮,夕宿辰阳。苟余心其端直兮⑰,虽僻远之何伤⑱。入溆浦余儃佪兮⑲,迷不知吾所如⑳。深林杳以冥冥兮,猨狖之所居㉑。山峻高以蔽日兮,下幽晦以多雨。霰雪纷其无垠兮㉒,云霏霏而承宇㉓。哀吾生之无乐兮,幽独处乎山中。吾不能变心而从俗兮,固将愁苦而终穷㉔。接舆髡首兮㉕,桑扈裸行㉖。忠不必用兮㉗,贤不必以㉘。伍子逢殃兮㉙,比干菹醢㉚。与前世而皆然兮㉛,吾又何怨乎今之人。余将董道而不豫兮㉜,固将重昏而终身㉝。乱曰:鸾鸟凤皇,日以远兮㉞。燕雀乌鹊,巢堂坛兮㉟。露申辛夷㊱,死林薄兮㊲。腥臊并御㊳,芳不得薄兮㊴。阴阳易位,时不当兮㊵。怀信侘傺㊶,忽乎吾将行兮。

① 好：喜好，爱好。

② 长铗：指长剑。陆离：长貌。

③ 冠：帽子，此处作动词戴。切云：高帽名。崔嵬（wéi）：高耸的样子。

④ 被：披。明月：珠名。珮：佩。璐：玉名。

⑤ 溷浊：混浊。

⑥ 方：正在，一说打算。顾：回头看。

⑦ 虬：有角龙。骖：此作动词，以螭为左右两侧之驾车的马。螭，无角龙。

⑧ 重华：帝舜。瑶之圃：产美玉的园地。

⑨ 玉英：玉之精华。

⑩ 鄂渚：湖北地方的水中之洲。反顾：回头看。

⑪ 欸（āi）：叹息声。绪风：余风，指西北风。

⑫ 邸：抵，止，停。方林：地名，一说方丘树林。

⑬ 舲船：有窗的小船。上沅：溯沅水而上。

⑭ 齐：同时并举。吴榜：船桨，一说仿吴人所制之桨。击汰：击水波。

⑮ 容与：缓行，一说迟疑不定。

⑯ 淹：停留。回水：回旋的水。疑滞：停留不进。

⑰ 苟：假如。端直：正直。

⑱ 虽：即使。伤：妨害。

⑲ 儃佪(chán huí)：徘徊。

⑳ 所如：所往，所要去的地方。

㉑ 猨狖(yuán yòu)：猿猴。

㉒ 霰：雪珠。无垠：无边际。

㉓ 承宇：连接屋檐。一说连接天宇。

㉔ 固：本来。终穷：终身困穷。

㉕ 接舆：楚国隐士。髡(kūn)首：古代刑法之一，剃光头发。

㉖ 桑扈：古代隐士。

㉗ 忠：忠臣。

㉘ 贤：贤人。以：用。

㉙ 伍子：伍员，伍子胥，吴国贤臣。

㉚ 比干：殷纣王的叔伯父。菹醢(zǔ hǎi)：古代一种酷刑，把人杀死剁成肉酱。

㉛ 与：全。皆然：全都这样。

㉜ 董道：守正道。不豫：不犹豫。

㉝ 重昏：重重幽闭。一说处于昏暗境地。

㉞ 鸾鸟：凤凰类鸟。日以远：一天比一天疏远。

㉟ 巢：筑窝。

㊱ 露申、辛夷：均香草。

㊲ 林薄：树丛，草木丛生之地。

㊳ 腥臊：均指恶气味，比喻小人。御：用。

㊴ 薄：近。

㊵ 时不当：指时运不当，生不逢时。

㊶ 怀信：怀抱信心。侘傺：失意。

　　全诗活画出了屈原自身高洁的形象，后代摹画屈原的画像，大多以此自述为参照——高冠长剑，徘徊泽畔。

　　当然，诗篇更主要的是写出了诗人的心志，不愿与世俗同流合污，坚持自己的忠贞与洁身自好。对于黑白颠倒、忠奸不分的丑恶现象，诗人作了无情揭露，并一再剖白了自己不愿变心以从俗的坚定决心。

　　比喻象征的充分运用和情景交融的成功描画，是本诗在艺术上的突出表现，它使得主人公的涉江行为有了厚实的衬底，且情、景、人有机地融为一体。

哀　郢

　　皇天之不纯命兮①，何百姓之震愆②。民离散而相失兮，方仲春而东迁。去故乡而就远兮，遵江夏以流亡。出国门而轸怀兮③，甲之鼂吾以行④。发郢都而去闾兮⑤，荒忽其焉极⑥？楫齐扬以容与兮⑦，哀见君而不再得。望长楸而太息兮⑧，涕淫淫其若霰。过夏首而西浮兮，顾龙门而不见⑨。心婵媛而伤怀兮⑩，眇不知其所蹠⑪。顺风波以从流兮，焉洋洋而为客⑫。凌阳侯之泛滥兮⑬，忽翱翔之焉薄⑭。心絓结而不解兮⑮，思蹇产而不释⑯。将运舟而下浮兮，上洞庭而下江。去终古之所居兮⑰，今逍遥而来东。羡灵魂之欲归兮，何须臾而忘反⑱。背夏浦而西思兮，哀故都之日远。登大坟以远望兮⑲，聊以舒吾忧心。哀洲土之平乐兮⑳，悲江介之遗风㉑。当陵阳之焉至兮㉒，淼南渡之

焉如^㉓。曾不知夏之为丘兮,孰两东门之可
芜^㉔。心不怡之长久兮,忧与愁其相接。惟郢
路之辽远兮^㉕,江与夏之不可涉^㉖。忽若不信
兮,至今九年而不复。惨郁郁而不通兮,蹇侘
傺而含慼^㉗。外承欢之汋约兮^㉘,谌荏弱而难
持^㉙。忠湛湛而愿进兮^㉚,妒被离而鄣之^㉛。尧
舜之抗行兮^㉜,瞭杳杳而薄天^㉝。众谗人之嫉
妒兮,被以不慈之伪名^㉞。憎愠忰之修美兮^㉟,
好夫人之忼慨^㊱。众踥蹀而日进兮^㊲,美超远
而逾迈^㊳。乱曰:曼余目以流观兮^㊴,冀壹反之
何时^㊵?鸟飞反故乡兮,狐死必首丘^㊶。信非
吾罪而弃逐兮,何日夜而忘之。

① 纯命:美运,常道。

② 震愆(qiān):动荡、遭罪。

③ 国门:国都的城门。轸(zhěn)怀:沉痛的怀念。

④ 甲之鼌(zhāo):甲日的早晨。鼌,同"朝",早晨。

⑤ 发郢都:从郢都出发。去闾:离开故里。

⑥ 焉极：何处是终点。

⑦ 楫：划船的桨。齐扬：并举。

⑧ 长楸：高大的梓树。

⑨ 龙门：郢都城的东门。

⑩ 婵媛：情思缠绵。

⑪ 眇：远。蹠：脚踏。不知所蹠：不知脚踏何处。

⑫ 焉：于是。洋洋：飘泊不定貌。

⑬ 凌：乘。阳侯：波涛之神，代为波涛。

⑭ 焉薄：哪里迫近、靠岸。

⑮ 纠结：牵挂，悬念。

⑯ 蹇产：曲折，忧郁。释：解开。

⑰ 终古之所居：指祖先之居地。

⑱ 须臾：片刻。反：返。

⑲ 大坟：指水洲，水中高地叫坟，一说水边之堤叫坟。

⑳ 洲土之平乐：指土地宽阔，民生安定。

㉑ 江介：江边，江两岸地区。

㉒ 陵阳：屈原被放逐的目的地，一说指波涛。焉至：从哪里来。

㉓ 淼：大水茫茫。焉如：往哪儿去。

㉔ 两句感叹楚宫室荒芜。夏,即厦,指楚宫室。可芜,可以荒芜而长草。

㉕ 郢路:通往郢都之路。辽远:遥远。

㉖ 夏:指夏水。涉:渡,过河。

㉗ 含戚(qì):含着忧愁、悲伤。

㉘ 承欢:在君王面前讨好。汋约:绰约,美好。

㉙ 谌:诚,确实。荏弱:软弱。

㉚ 忠:忠贞之士。湛湛:厚重、诚恳。

㉛ 被离:众多、杂乱。蔀:障。

㉜ 抗行:高尚行为。

㉝ 瞭:眼光明亮。杳杳:高远貌。薄天:及天。

㉞ 被以:加给,加于……之上。被,同"披"。

㉟ 愠惀(lǔn):忠心耿耿者。

㊱ 好:爱好,喜欢。夫人:那些小人。忼慨:表面积极,虚假的慷慨。

㊲ 踥蹀(qiè dié):奔竞。日进:日求进用,一说一天天往上升。众:指小人。

㊳ 美:指君子。超远逾迈:愈走愈疏远。

㊴ 曼:张开。流观:四下眺望。

⑩ 冀：希望。壹反：回去一次，一说有一天返回。

⑪ 首：作动词，头朝向。此句比喻死也要面向故乡。

　　楚国国都被秦军攻陷，这对挚爱楚国的屈原来说无疑是一个沉重的打击。面对楚君主出逃、楚国人民流离失所，诗人心如刀绞，百感交集，愤然写下了这首诗，来表达郢都失陷后的哀痛与自己的深沉心态。

　　全诗交织着对楚国山水的热爱与郢都失陷后感伤的双重情怀，字里行间也透出了对那班奸党小人的痛恨与指斥。诗末"乱曰"是诗人心声之吐露，充分表现了诗人怀恋故国的深挚感情，读来令人为之抚然。

抽　　思

　　心郁郁之忧思兮，独永叹乎增伤。思蹇产之不释兮①，曼遭夜之方长②。悲秋风之动容兮，何回极之浮浮③。数惟荪之多怒兮④，伤余心之慢慢。愿摇起而横奔兮⑤，览民尤以自镇⑥。结微情以陈辞兮，矫以遗乎美人⑦。昔君与我诚言兮，曰黄昏以为期。羌中道而回畔兮⑧，反既有此他志。憍吾以其美好兮⑨，览余以其修姱。与余言而不信兮，盖为余而造怒。愿承间而自察兮⑩，心震悼而不敢。悲夷犹而冀进兮⑪，心怛伤之憺憺⑫。兹历情以陈辞兮，荪详聋而不闻⑬。固切人之不媚兮⑭，众果以我为患。初吾所陈之耿著兮⑮，岂至今其庸亡⑯。何毒药之謇謇兮⑰，愿荪美之可完⑱。望三五以为像兮⑲，指彭咸以为仪⑳。夫何极而不至兮，故远闻而难亏㉑。善不由外来兮，名不可以虚作。孰无施而有报兮㉒，孰不实而有获㉓？少歌曰：与美人抽怨兮㉔，并日夜而无正㉕。憍吾以其美好兮㉖，敖朕辞而不听㉗。倡曰：有鸟自南兮，来集汉北。好姱佳丽兮，牉独处此异域㉘。既惸独而不群兮㉙，又无良媒在其侧。道卓远而日忘兮㉚，愿自申而不得。

望北山而流涕兮,临流水而太息。望孟夏之短夜兮,何晦明之若岁㉛。惟郢路之辽远兮,魂一夕而九逝㉜。曾不知路之曲直兮,南指月与列星。愿径逝而未得兮,魂识路之营营㉝。何灵魂之信直兮,人之心不与吾心同。理弱而媒不通兮,尚不知余之从容。乱曰:长濑湍流,泝江潭兮㉞。狂顾南行,聊以娱心兮。轸石崴嵬,蹇吾愿兮㉟。超回志度,行隐进兮㊱。低徊夷犹,宿北姑兮。烦冤瞀容,实沛徂兮㊲。愁叹苦神,灵遥思兮。路远处幽,又无行媒兮。道思作颂,聊以自救兮㊳。忧心不遂,斯言谁告兮㊴。

① 蹇产:曲折。不释:解不开。

② 曼:曼曼,长。

③ 回极:回旋而至,指秋风。浮浮:不定貌。

④ 数:屡次。惟:思,想到。荪:香草名,比喻怀王。

⑤ 摇起:远远地走开,一说跳起来。

⑥ 览民尤：看到人民痛苦、受罪。尤，疣。自镇：使自己
　 镇定。

⑦ 矫：举。遗：赠送。乎：那。

⑧ 羌：句首发语词,无义。中道：中途。回畔：翻悔,转折。

⑨ 侨：骄。

⑩ 愿：希望。承间：找个机会。一说承闲,承他有空闲。

⑪ 夷犹：犹豫。冀进：希望靠近君王。

⑫ 怛：伤痛。憺憺：动荡不宁,一说如火烧一般。

⑬ 详聋：装聋。详,通"佯"。

⑭ 切人：恳切的人。不媚：不会献媚。

⑮ 耿著：明白。

⑯ 庸亡：就忘,竟忘记。

⑰ 謇謇：指忠贞之情。何毒药：意谓謇謇忠言怎么像毒药
　 呢？一说,"何毒药"为"何独乐斯"。

⑱ 苏美：君王的美德。可完：可以完美。一说"可完"为"可
　 光",可以光大。

⑲ 三五：指三皇五帝,三皇为古代传说的伏羲、女娲、神农；五
　 帝为古代传说的黄帝、颛顼、帝喾、唐尧、虞舜。

⑳ 彭咸：传说中的殷商贤臣。仪：法则。

㉑ 远闻：远播的名声。亏：亏损。

㉒ 孰：谁。无施：不施舍。

㉓ 不实：不结果实。

㉔ 少歌：乐章中间的音节名。美人：喻楚王。

㉕ 正：订正，改正。

㉖ 㤭：骄。

㉗ 敖：傲。朕：我。

㉘ 泮(pàn)：离异。

㉙ 惸(qióng)独：孤独。

㉚ 卓远：遥远。

㉛ 晦明：由天黑到天明的一天。若岁：长似一年。

㉜ 一夕九逝：晚上多次做梦。九，虚指。一说一个夜里去郢路多次。

㉝ 营营：寻求忙碌样。一说孤独。

㉞ 濑：浅水滩。湍：水势急。沂：逆流而上。

㉟ 畛(zhěn)石：乱石，一说方石。崴嵬：高耸不平。一说崎岖不平。

㊱ 超回：越过弯路。志度：认清直道。

㊲ 瞀(mào)容：容貌不整。一说乱走貌。实：是。沛徂：情

绪冲动下急走。一说急随流而去。

㊳ 道思：边走边思。一说言志。作颂：作歌。

㊴ 遂：达，表达。斯：此，这些。

　　本篇在内容上侧重于表述怀王改变态度后诗人的实际心态。怀王言而无信，"昔君与我诚言兮"、"羌中道而回畔兮，反既有此他志"，这对屈原无疑是沉重打击，他自然而然地会发出怨恨之言。但他同时又一再表白了自己一贯的心志，只是烦闷、忧愁几乎自始至终笼罩在他的心头。

　　艺术表现上，本篇有一个显著特点，即篇中穿插了"少歌""倡曰"，篇尾有"乱曰"，与《九章》的其他篇显然不一，显示了结构形式上的独创性。这种独创，使整组《九章》诗的艺术格局有所变化，有所创新，避免了单调呆板。

怀　　沙

　　滔滔孟夏兮①，草木莽莽。伤怀永哀兮，汩

徂南土②。眴兮杳杳③,孔静幽默④。郁结纡轸
兮⑤,离慜而长鞠⑥。抚情效志兮⑦,冤屈而自
抑。刓方以为圜兮⑧,常度未替⑨。易初本迪
兮⑩,君子所鄙。章画志墨兮⑪,前图未改⑫。
内厚质正兮⑬,大人所盛⑭。巧倕不斫兮⑮,孰
察其拨正⑯?玄文处幽兮⑰,矇瞍谓之不章⑱。
离娄微睇兮⑲,瞽以为无明⑳。变白以为黑兮,
倒上以为下。凤皇在笯兮㉑,鸡鹜翔舞。同糅
玉石兮,一概而相量㉒。夫惟党人鄙固兮㉓,羌
不知余之所臧㉔。任重载盛兮㉕,陷滞而不济。
怀瑾握瑜兮㉖,穷不知所示㉗。邑犬之群吠兮,
吠所怪也。非俊疑杰兮㉘,固庸态也㉙。文质
疏内兮㉚,众不知余之异采。材朴委积兮㉛,莫
知余之所有。重仁袭义兮㉜,谨厚以为丰㉝。
重华不可遻兮㉞,孰知余之从容。古固有不并
兮㉟,岂知其何故。汤禹久远兮,邈而不可
慕㊱。惩连改忿兮㊲,抑心而自强。离慜而不

迁兮㊳,愿志之有像㊴。进路北次兮㊵,日昧昧
其将暮㊶。舒忧娱哀兮㊷,限之以大故㊸。乱
曰:浩浩沅湘,分流汨兮㊹。修路幽蔽,道远忽
兮。怀质抱情,独无匹兮。伯乐既没,骥焉程
兮㊺。万民之生,各有所错兮㊻。定心广志,余
何畏惧兮。曾伤爰哀,永叹喟兮㊼。世溷浊莫
吾知,人心不可谓兮㊽。知死不可让,愿勿爱
兮㊾。明告君子,吾将以为类兮㊿。

① 滔滔:阳气或暖气散发貌,义近陶陶。孟夏:初夏。

② 汩(yù)徂:疾往,疾行。汩,疾速。

③ 眴:瞬,眼目闪动。

④ 孔:很,甚。幽默:静寂无声。

⑤ 纡轸:委曲痛苦。

⑥ 离:罹,遭。慜:忧患。鞠:困穷。

⑦ 抚:按抚,一说循抚。效志:扪心,一说考核志向。

⑧ 刓:削。圜:圆。

⑨ 常度:正常的法则。替:废弃。

⑩ 易：改变。初：当初,起初。本迪：本来的正道。

⑪ 章：明。志：记,念。墨：绳墨。

⑫ 前图：前人意图、法度。

⑬ 内厚：内心厚道。质正：品质正派。

⑭ 大人：君子,品德高尚之人。

⑮ 倕(chuí)：人名,传说中的巧匠,故加巧字。斫(zhuó)：砍、削。

⑯ 孰：谁。拨正：曲直。

⑰ 玄文：黑色的花纹。

⑱ 矇瞍：瞎子。章：彰,明。一说文采,不章即无文采。

⑲ 离娄：传说中的人名,视力甚强。微睇：微视,稍稍一瞥。

⑳ 瞽：瞎子。

㉑ 笯(nú)：竹笼。

㉒ 一概而相量：同等评价。

㉓ 鄙固：鄙陋。

㉔ 臧：藏,指藏在胸中的抱负。一说臧为善。

㉕ 任重：负担重。载盛：装载多。

㉖ 瑾、瑜：均为美玉。

㉗ 穷：穷困。一说终究。示：给人看。

㉘ 非：通"诽"，诽谤。疑：疑忌。

㉙ 庸态：庸俗之态。

㉚ 文：外表。质：本质、实质。一说质朴。疏内：疏于内向，即不善言辞。

㉛ 材朴：泛指木材。一说有用和没加工过的木料，朴指没加工过的木料。委积：堆积一起。

㉜ 重、袭：均为积累之义。一说重叠。

㉝ 谨厚：指谨慎、忠厚，外在表现。丰：内在丰富内容。一说自重。

㉞ 重华：舜名。逻：遇，逢。

㉟ 古：古代圣贤。不并：生不同时。

㊱ 邈：久远。慕：敬慕，思慕。

㊲ 连：怨恨，一作违。改忿：克制忿怒。

㊳ 离愍：遭遇忧怨。不迁：不改变。

㊴ 志之有像：指自己的志向有效法的楷模，其对象或是古人，或为后人。

㊵ 北次：向北行进中停歇。

㊶ 昧昧：渐渐暗下来。

㊷ 舒：分解。娱：使之乐。

㊸ 限：极限。一说命运注定。大故：死亡。

㊹ 汨：水流疾貌。

㊺ 焉程：哪里量程，何处评量。

㊻ 错：通措，安置、安排。

㊼ 曾：增。爰哀：无休止的悲哀。

㊽ 莫吾知：莫知吾。谓：说。此句指人心不可了解。

㊾ 让：避免。爱：爱惜生命。一说吝惜。

㊿ 类：类别。一说法、效法。

　　一般认为，此篇是绝命辞——即临死之前向世人的告白："知死不可让，愿勿爱兮。明告君子，吾将以为类。"诗人庄严宣布，自己将以一死来殉自己的理想，用生命换回高洁的人格节操。

　　全诗慷慨激昂，语气坚定镇静，毫无悲伤自恋之情，句里行间透出的是一位志向远大的志士仁人，面对污浊的现实世界，愤而不平，却又无可奈何，只能以一死来表白自己的清白、坦荡、无私无畏。

　　整首诗短句较多，读起来急促有力，似与诗人的情感一脉相通。

对题目"怀沙"究竟何指,争议较多,似认为怀念长沙较能被一般学者接受。

思　美　人

思美人兮,擥涕而伫眙①。媒绝路阻兮,言不可结而诒②。蹇蹇之烦冤兮,陷滞而不发。申旦以舒中情兮③,志沉菀而莫达④。愿寄言于浮云兮,遇丰隆而不将⑤。因归鸟而致辞兮⑥,羌宿高而难当⑦。高辛之灵盛兮⑧,遭玄鸟而致诒⑨。欲变节以从俗兮,媿易初而屈志⑩。独历年而离愍兮⑪,羌冯心犹未化⑫。宁隐闵而寿考兮⑬,何变易之可为。知前辙之不遂兮⑭,未改此度。车既覆而马颠兮,蹇独怀此异路。勒骐骥而更驾兮⑮,造父为我操之⑯。迁逡次而勿驱兮⑰,聊假日以须时⑱。指嶓冢之西隈兮⑲，与纁黄以为期⑳。开春发岁兮㉑，白日出之悠悠。吾将荡志而愉乐兮㉒，遵江夏以娱忧㉓。擥大薄之芳茝兮㉔，搴长洲之宿莽。惜吾不及古人兮，吾谁与玩此芳草？解萹薄与杂菜兮㉕，备以为交佩㉖。佩缤纷以缭转兮㉗，遂萎绝而离异。吾且儃佪以娱忧兮㉘，观南人之变态。窃快在中心兮㉙，扬厥凭而不竢㉚。芳与泽其杂糅兮，羌芳华自中出。纷郁郁其远承兮，满内而外扬㉛。情与质信可保兮㉜，羌居蔽而闻章㉝。令薜荔以为理兮㉞，惮举趾而缘木㉟。因芙蓉而为媒兮，惮褰裳而濡足㊱。登高吾不说兮㊲，入下吾不能。固朕形之不服兮㊳，然容与而狐疑。广遂前画兮㊴，未改此度也。命则处幽吾将罢兮㊵，愿及白日之未暮。独茕茕而南行兮，思彭咸之故也。

① 擥：同"揽"，此处指指揖。伫眙：久立直视。

② 结：结言。诒：赠予。

③ 申旦：申明，一说天天重复再三。

④ 沉菀：沉闷郁结，菀(yù)，郁结。

⑤ 丰隆：云神，一说雷神、雨神。将：传达。

⑥ 因：依靠、凭借。

⑦ 宿高：鸟宿高枝。难当：难以承当。

⑧ 高辛：帝喾之号。灵盛：神灵。

⑨ 玄鸟：凤凰。诒：贻，赠礼。

⑩ 媿：愧。易初：改变初衷。

⑪ 历年：经历了较长时间。离愍：遭祸患，遇忧患。

⑫ 冯(píng)心：愤懑心情。

⑬ 隐闵：隐忍忧闷。寿考：老死。

⑭ 辙：车轮的印迹。不遂：不通，不顺。

⑮ 更驾：重新驾车。

⑯ 造父：周朝以善驾车而出名者。

⑰ 迁：前进，迁延。逡次：缓行。勿驱：不快跑急赶。

⑱ 假日：费些日子，借日子。须时：等待时候。

⑲ 嶓冢：山名，在秦西部。隈：山边。

⑳ 纁(xūn)黄：黄昏时分。

㉑ 开春：春天开始。发岁：新岁发端。

㉒ 荡志：散荡心情，放怀。

㉓ 遵：沿着。江夏：长江、夏水。娱忧：消除忧愁。

㉔ 擥：采摘。大薄：一大片草木丛生之地。芳茝：芳草。

㉕ 解：采。蓇薠，指成丛蓇竹。

㉖ 交佩：左右佩带。

㉗ 缤纷：繁盛。缭转：缠绕，环绕。

㉘ 僤佪：低佪，转来转去。

㉙ 窃快：隐藏的快乐。

㉚ 扬：弃抛。厥凭：那些愤懑。娭：等待。

㉛ 满内：香气充满内部。外扬：香气向外散发。

㉜ 质：本质。信：确实。保：保持。

㉝ 居蔽：身居蔽塞之处。闻章：声名昭彰。

㉞ 理：提婚人，媒人。

㉟ 惮：怕。举趾：提起脚步。缘木：循树而上（薜荔缘树
而生）。

㊱ 蹇：撩起，揭起。濡足：足上沾湿（芙蓉长在水中）。

㊲ 说：悦。

㊳ 朕形：我的外形，一说我的作风。不服：不习惯。

㊴ 广遂：大大达到。前画：以前的策划。

㊵ 处幽：受困。罢：作罢，一说完尽，生命将结束。

　　本篇的"美人"，显然是喻指，即与《离骚》相一致的
楚国君主——楚怀王。诗人实际上是一再表白自己的
忠君，即便条件再恶劣，他也不改初衷，坚持始终如一。
这一点，虽然在《九章》各篇中表述方式与角度不一，但
中心旨意还是不变的。

　　对于《九章》中哪些篇为屈原所作，哪些篇为后人
伪作，其真伪之辩，历来争议未决，本篇亦属其中
之一。

　　美人、香花、美草，这是屈原作品中特设的意象符
号，它象征、指代了美好的事物、心中的理想，以及君主，
这种手法的运用，是楚辞作品的典型特色表现。

惜　往　日

　　惜往日之曾信兮①，受命诏以昭诗②。奉

先功以照下兮③,明法度之嫌疑。国富强而法立兮,属贞臣而日娭④。秘密事之载心兮⑤,虽过失犹弗治⑥。心纯庞而不泄兮⑦,遭谗人而嫉之。君含怒而待臣兮,不清澂其然否⑧。蔽晦君之聪明兮⑨,虚惑误又以欺⑩。弗参验以考实兮⑪,远迁臣而弗思⑫。信谗谀之溷浊兮⑬,盛气志而过之⑭。何贞臣之无辜兮,被离谤而见尤⑮。惭光景之诚信兮⑯,身幽隐而备之⑰。临沅湘之玄渊兮⑱,遂自忍而沉流⑲。卒没身而绝名兮⑳,惜壅君之不昭㉑。君无度而弗察兮㉒,使芳草为薮幽㉓。焉舒情而抽信兮㉔,恬死亡而不聊㉕。独鄣壅而蔽隐兮㉖,使贞臣为无由㉗。闻百里之为虏兮㉘,伊尹烹于庖厨㉙。吕望屠于朝歌兮,宁戚歌而饭牛。不逢汤武与桓缪兮㉚,世孰云而知之㉛。吴信谗而弗味兮㉜,子胥死而后忧㉝。介子忠而立枯兮㉞,文君寤而追求㉟。封介山而为之禁兮㊱,

报大德之优游㊲。思久故之亲身兮㊳，因缟素
而哭之㊳。或忠信而死节兮㊵，或诪谩而不
疑㊶。弗省察而按实兮㊷，听谗人之虚辞。芳
与泽其杂糅兮，孰申旦而别之㊸。何芳草之早
殀兮㊹，微霜降而下戒㊺。谅聪不明而蔽壅
兮㊻，使谗谀而日得㊼。自前世之嫉贤兮，谓蕙
若其不可佩㊽。妒佳冶之芬芳兮㊾，嫫母姣而
自好㊿。虽有西施之美容兮，谗妒入以自代○51。
愿陈情以白行兮○52，得罪过之不意○53。情冤见
之日明兮○54，如列宿之错置○55。乘骐骥而驰骋
兮，无辔衔而自载○56。乘泛泭以下流兮○57，无舟
楫而自备。背法度而心治兮，辟与此其无异○58。
宁溘死而流亡兮○59，恐祸殃之有再。不毕辞而
赴渊兮○60，惜壅君之不识○61。

① 曾信：曾受信任。

② 命诏：诏命。昭诗：教王以诗，以明其志。或曰昭诗即"昭

时",晓谕时世。

③ 奉先功:继承发扬先王的功业。照下:照耀下民,昭示下民。

④ 属贞臣:指楚王将国事托付于忠臣。日娱:日日安乐无事,指楚王。一说屈原自己感到愉快。

⑤ 载心:放在心里。

⑥ 犹弗治:还不加以惩治。

⑦ 庞:朴厚。

⑧ 清澈:作动词,弄清事情真相。然否:是与非。

⑨ 蔽晦:掩盖真实,蒙蔽。

⑩ 虚惑误:叠字并言,一说虚言迷误。

⑪ 参验:比较对证。

⑫ 迁臣:忠臣,即屈原。

⑬ 溷浊:混浊。

⑭ 盛气志:大怒。过:责罚。

⑮ 离谤:遭诽谤。见尤:受罪。

⑯ 光景:光和影。诚信:真实。

⑰ 备:藏。一说具备。

⑱ 玄渊:深渊。

⑲ 沉流：投水自尽。

⑳ 卒：结果，最终。没身：身亡。

㉑ 壅君：受蒙蔽的君主。不昭：不明。

㉒ 无度：没有标准。弗察：不明察。

㉓ 薮幽：大泽幽暗处。

㉔ 焉：怎么。抽信：表述真实心情。

㉕ 恬：安，乐。不聊：不聊以生，不偷生。

㉖ 郣壅：障碍。蔽隐：此处指埋没贤才。

㉗ 无由：无可奈何，走投无路。

㉘ 百里：百里奚，春秋时贤人。

㉙ 伊尹：及以下几句的吕望、宁戚，均为传说中的贤士。

㉚ 汤：商汤王。武：周武王。桓：齐桓公。缪：秦穆公。

㉛ 孰云：谁，云为语气词。

㉜ 吴：吴王夫差。弗味：不能理解，一说不曾细想。

㉝ 子胥：伍子胥。

㉞ 介子：介子推，春秋时贤人。立枯：立刻被烧死，一说抱着
树站立而被烧死。

㉟ 寤：悟。

㊱ 禁：禁止人们上山砍柴。

㊲ 优游：宽广，指大德。

㊳ 久故：故旧。亲身：亲近身旁。

㊴ 缟素：白色丧服。

㊵ 或：有的人。死节：死于气节。

㊶ 诡谩：欺诈。不疑：不受怀疑。

㊷ 省察：考察。按实：核对事实。

㊸ 申旦：申明，一说天天。别：区别。

㊹ 殀：夭，枯死。

㊺ 戒：戒备。

㊻ 聪不明：耳听不明。

㊼ 日得：日益得意。

㊽ 蕙、若：均香草名。

㊾ 佳冶：美人。

㊿ 嫫母：传说容貌丑陋的黄帝妃子。姣好：妖媚。

(51) 自代：以己之丑恶代人之美好。

(52) 白行：表白行为。

(53) 不意：出于意外。

(54) 情：真情。冤：冤枉。

(55) 列宿：列星。错置：在天空罗布。

㊶ 辔衔：驾驭马的工具。自载：自己驭载。

㊷ 泛泭：浮于水面的木筏子。

㊸ 辟：同"譬"。

㊹ 宁：宁可,宁愿。溘死：忽然死亡。

㊺ 毕辞：把话说完。赴渊：投水。

㊻ 壅君：受蒙蔽的君主。

　　《九章》中各篇的标题出处不一,有的取整篇诗的旨意,如《橘颂》;有的取首句中之一词,如本篇。

　　有以为此篇是绝命辞的,因其篇末写到了"宁溘死而流亡兮"、"不毕辞而赴渊兮",但终究结论,恐尚待进一步考证。

　　本篇中的措辞与《九章》篇有一显著不同处,即称呼君主不再是"灵修"、"哲王"等,而是直呼"壅君",这是十分突出的特点,说明其时的屈原对君王的昏庸已有足够的认识。

　　法治的思想观念在本篇中一再被强调,体现了屈原的法家思想色彩。

橘　　颂

后皇嘉树①,橘徕服兮②。受命不迁③,生南国兮。深固难徙④,更壹志兮⑤。绿叶素荣⑥,纷其可喜兮⑦。曾枝剡棘⑧,圆果抟兮⑨。青黄杂糅,文章烂兮⑩。精色内白⑪,类可任兮⑫。纷缊宜修⑬,姱而不丑兮⑭。嗟尔幼志⑮,有以异兮。独立不迁,岂不可喜兮。深固难徙,廓其无求兮⑯。苏世独立⑰,横而不流兮⑱。闭心自慎⑲,终不失过兮。秉德无私,参天地兮⑳。愿岁并谢㉑,与长友兮㉒。淑离不淫㉓,梗其有理兮㉔。年岁虽少,可师长兮㉕。行比伯夷,置以为像兮㉖。

① 后:后土。皇:皇天。嘉:美好。

② 徕:同"来"。服:习惯,适应。

③ 受命:受命于天地,禀性。不迁:不移。

④ 深固：根深蒂固。徙：迁移。

⑤ 壹志：专一的意志。

⑥ 素荣：白花。

⑦ 纷：美盛貌。

⑧ 曾枝：层层树枝。剡：尖锐。棘：刺。

⑨ 抟：通"团"，圆。

⑩ 烂：斑斓。

⑪ 精色：颜色鲜明。内白：内心洁白。

⑫ 类：类似。可任：可担任重负。

⑬ 纷缊：同"氤氲"，香味盛。一说丰满。宜修：美好，一说适
   宜修饰。

⑭ 姱：美好，俊俏。

⑮ 嗟：赞叹。尔：你，指橘。

⑯ 廓：空阔广大，指胸怀。

⑰ 苏：清醒。

⑱ 不流：不随波逐流。

⑲ 自慎：自己谨慎。

⑳ 参：合。

㉑ 岁：岁末。并谢：万物俱谢，百草俱凋。

㉒ 长友：长期做朋友。

㉓ 淑：善。离：丽，美。淫：过分。

㉔ 梗：正直，指枝干。理：纹理，纤维纹路。

㉕ 师长：动词，做人师长，可效法、学习。

㉖ 像：榜样。

一首橘的颂歌，既形象贴切地画出了橘树之形，更点出了橘之神——橘（树）的高贵、雅洁、不同寻常。但作者"醉翁之意不在酒"，写橘乃是为了颂人，以橘自譬，通篇贯穿比兴：前半说橘，将橘人格化，颂橘乃自比；后半说人，把人物化，自颂以喻橘；前后两部分浑然一体、"物我合一"，达到了水乳交融的地步，成为历代传颂的咏物佳作。

屈原自身的人格形象与高尚品质，在此首短诗中充分得以体现，诗中"独立不迁"、"深固难徙"、"苏世独立，横而不流"、"闭心自慎"、"秉德无私"，都是屈原自己的人格写照，是他毕生奉行的为人处世准则与信条。

悲　回　风

　　悲回风之摇蕙兮^①，心冤结而内伤。物有
微而陨性兮^②，声有隐而先倡。夫何彭咸之造
思兮^③，暨志介而不忘^④。万变其情岂可盖
兮^⑤，孰虚伪之可长。鸟兽鸣以号群兮，草苴比
而不芳^⑥。鱼葺鳞以自别兮^⑦，蛟龙隐其文
章^⑧。故荼荠不同亩兮^⑨，兰茝幽而独芳^⑩。惟
佳人之永都兮^⑪，更统世而自贶^⑫。眇远志之
所及兮^⑬，怜浮云之相羊^⑭。介眇志之所惑
兮^⑮，窃赋诗之所明^⑯。惟佳人之独怀兮，折若
椒以自处^⑰。曾歔欷之嗟嗟兮^⑱，独隐伏而思
虑。涕泣交而凄凄兮，思不眠以至曙。终长夜
之曼曼兮，掩此哀而不去。寤从容以周流兮^⑲，
聊逍遥以自恃^⑳。伤太息之愍怜兮^㉑，气於邑
而不可止^㉒。纠思心以为纕兮^㉓，编愁苦以为
膺^㉔。折若木以蔽光兮，随飘风之所仍^㉕。存

髣髴而不见兮㉖,心踊跃其若汤㉗。抚珮衽以案志兮㉘,超惘惘而遂行㉙。岁曶曶其若颓兮㉚,时亦冉冉而将至㉛。薠蘅槁而节离兮㉜,芳以歇而不比㉝。怜思心之不可惩兮㉞,证此言之不可聊㉟。宁逝死而流亡兮,不忍为此之常愁。孤子唫而抆泪兮㊱,放子出而不还㊲。孰能思而不隐兮㊳,昭彭咸之所闻㊴。登石峦以远望兮,路眇眇之默默㊵。入景响之无应兮㊶,闻省想而不可得㊷。愁郁郁之无快兮,居戚戚而不可解㊸。心鞿羁而不形兮㊹,气缭转而自缔㊺。穆眇眇之无垠兮㊻,莽芒芒之无仪㊼。声有隐而相感兮㊽,物有纯而不可为㊾。邈蔓蔓之不可量兮㊿,缥绵绵之不可纡(51)。愁悄悄之常悲兮,翩冥冥之不可娱(52)。凌大波而流风兮,托彭咸之所居。上高岩之峭岸兮,处雌蜺之标颠(53)。据青冥而摅虹兮(54),遂倏忽而扪天(55)。吸湛露之浮源兮(56),漱凝霜之雰雰(57)。

依风穴以自息兮^⑤，忽倾寤以婵媛^⑤。冯昆仑
以瞰雾兮^⑥，隐岷山以清江^⑥。惮涌湍之礚礚
兮^⑥，听波声之汹汹^⑥。纷容容之无经兮^⑥，罔
芒芒之无纪^⑥。轧洋洋之无从兮^⑥，驰委移之
焉止^⑥。漂翻翻其上下兮，翼遥遥其左右。泛
潏潏其前后兮^⑥，伴张弛之信期^⑥。观炎气之
相仍兮^⑦，窥烟液之所积^⑦。悲霜雪之俱下兮，
听潮水之相击。借光景以往来兮，施黄棘之枉
策^⑦。求介子之所存兮^⑦，见伯夷之放迹^⑦。心
调度而弗去兮^⑦，刻著志之无适^⑦。曰：吾怨往
昔之所冀兮^⑦，悼来者之悐悐^⑦。浮江淮而入
海兮，从子胥而自适^⑦。望大河之洲渚兮，悲申
徒之抗迹^⑧。骤谏君而不听兮^⑧，重任石之何
益^⑧。心絓结而不解兮^⑧，思蹇产而不释^⑧。

① 回风：旋风。
② 物：指蕙。微：微小。陨：坠落。性：生机。

③ 造思：追思。

④ 志介：志节，指彭咸。暨：企慕，一说与。

⑤ 盖：掩盖。

⑥ 苴：指枯草。比：挨在一起。

⑦ 葺：整治。自别：自示特别。

⑧ 文章：文采，指鳞甲。

⑨ 荼：苦菜。荠：甜菜。不同亩：不能种在一起。

⑩ 幽：指幽僻之处。

⑪ 都：美丽，漂亮。

⑫ 统世：统观万世，历览古今。自贶：自况，自比。

⑬ 眇：遥远貌。

⑭ 相羊：徜徉，飘浮不定。

⑮ 介：耿介。眇志，深微意志，一说美志。

⑯ 窃：私自、私下。

⑰ 若椒：杜若、花椒，均香草。

⑱ 曾：增。歔欷：暗自流泪、叹息。

⑲ 寤：醒。周流：四面游荡。

⑳ 聊：姑且。自恃：自己排遣，自我依靠。

㉑ 愍怜：怜悯，忧伤。

㉒ 於(wū)邑：郁结忧闷。

㉓ 纠：纠。思心：思绪。纕：带，一说荷包。

㉔ 膺：本指胸，此为护胸衣，或为今之肚兜。

㉕ 仍：因，引。

㉖ 髣髴：仿佛。

㉗ 汤：沸水。

㉘ 抚：抚摸。珮：佩带的饰物，玉佩。衽：衣襟。案志：按捺
　　情绪。

㉙ 惘惘：怅惘，若有所失貌。

㉚ 曶曶(hū)：忽忽。颓：坠落，指一年将尽。

㉛ 时：时限，生命之限。

㉜ 蘅、薇：均为香草。槁：枯槁。节离：茎节断折，枝叶脱离。

㉝ 比：并开。

㉞ 惩：抑制。

㉟ 不可聊：无聊。

㊱ 唫：吟。扴：揩。

㊲ 放子：被放逐的儿子。

㊳ 隐：痛。

㊴ 昭：明白。所闻：事情、遗则。

㊵ 眇眇：渺渺。

㊶ 景响：影响。景响之无应，即境界之寂寥。

㊷ 省：深思。

㊸ 戚戚：忧伤貌。解：排除，消除。

㊹ 鞿羁(jī jī)：束缚。不形：解不开。

㊺ 缭转：缭绕。缔：结。

㊻ 穆眇眇：遥远而幽微。无垠：没有边际。

㊼ 莽茫茫：广阔空旷。无仪：没有形象。

㊽ 感：感应。

㊾ 纯：指禀性纯洁。不可为：没有挽救的办法，一说不可变样。

(50) 邈：远。蔓蔓：无边无际貌。不可量：不可估量。

(51) 缥绵绵：愁思缥渺绵长。纡：缠绕。

(52) 翩：疾飞。冥冥：昏暗。

(53) 雌蜺：指彩虹，彩虹有内外环，外环雄性，色鲜明，内环雌性，色较暗。标颠：山顶。

(54) 青冥：青色的天空。攄虹：吐气成虹。

(55) 倏忽：迅速。扪：摸。

(56) 湛露：浓厚的露水。浮源：清凉之气，一说浮浮，指浓重。

㊐漱：漱口。凝霜：浓霜。霏霏(fēn)：向下飘落貌，一说
　盛貌。

㊘风穴：风聚之处。

㊙倾寤：忽然醒来，一说翻身醒来。婵媛：忧思相牵。

㊀冯：凭，依靠。瞰：俯看。

㊁隐：同"凭"。岹：同"岷"。此句省略瞰。

㊂涌湍：急流。礚礚：水石相击声。

㊃汹汹：波涛声。

㊄纷：乱。容容：乱貌。无经：无序、无规。

㊅罔：同"惘"。芒芒：同"茫茫"。无纪：没有头绪，指波涛
　泛滥。

㊆轧：倾轧，指波涛互相倾压。洋洋：状水貌。无从：无所
　适从。

㊇委移(wēi yí)：逶迤。焉止：到哪里去。

㊈泛：泛滥的潮水。潏潏：水涌貌。

㊉张弛：涨落。信期：指潮汐的汛期。

㊊炎气：夏令之热气。相仍：相因相随。

㊋烟液：烟雨，云烟雨水。

㊌施：用。黄棘：神话中木名。枉策：弯曲不正的马鞭，一说

不正确的策略。

⑦ 介子：介子推。所存：隐居之地。

⑦ 放迹：放逐之遗迹。

⑦ 调度：安排，考虑。

⑦ 刻著志：刻志著意。无适：无他适，即从介子推、伯夷之所适。

⑦ 冀：希望。

⑦ 愁愁：惕惕，警惕。

⑦ 此句指追随伍子胥之所适，准备投水而死。

⑧ 申徒：申徒狄，殷末贤人，投水而死。抗迹：崇高行迹，抗同"亢"。

⑧ 骤：屡。

⑧ 重任石：一为任重石，指抱着重石。

⑧ 纡结：郁结，郁闷。

⑧ 思：思想。蹇产：矛盾疙瘩。不释：不能消释。

以首句中词入题，而所抒写的正是秋冬之季作者的忧郁、深沉的情感，诗篇在抒情风格上与诗的题目"悲回风"有某种契合。

同《九章》其他篇不同的是，本诗抒情多于叙事，尤其回环往复的情绪描写占的比例较多,从中传递了诗人低回深沉的悲郁情感,有回肠荡气之感。

联绵词、双声叠韵字词的多次出现与运用,增加了诗篇的感情色彩,也曲折传达了诗人起伏不定的心理状态,对表达诗篇的主题起了较好的烘托作用。

招魂

朕幼清以廉洁兮①,身服义而未沫②。主此盛德兮③,牵于俗而芜秽④。　　上无所考此盛德兮⑤,长离殃而愁苦⑥。帝告巫阳曰⑦:"有人在下,我欲辅之⑧。魂魄离散,汝筮予之⑨。"巫阳对曰:"掌瘆,上帝其命难从⑩。若必筮予之⑪,恐后之谢,不能复用巫阳焉⑫。"

① 朕:我,屈原自指。清:清白。以:而,和。
② 服:行。义:正义。沫:通"昧"。

③ 主:守。一说以……为宗主。

④ 牵:牵累。芜秽:荒芜,草荒,此处比喻人的变质。

⑤ 上:君上,指楚怀王。考:考察。

⑥ 离:遭,同"罹"。殃:灾难,祸害。

⑦ 巫阳:传说中的巫师。

⑧ 辅:辅助。

⑨ 筮:用蓍草占卦。予之:给予他(楚怀王)。

⑩ 寤:同"梦"。掌梦:掌管云梦的人,即楚王;一说掌管占梦
   的官。

⑪ 若:你。

⑫ 谢:谢世,萎谢。

　　诗篇的首段可称全诗之序,向读者交代招魂的
缘由。

　　此诗以"招魂"为题,自然要围绕招魂之事展开,因
而诗篇开端必须交代请谁掌梦、占卜,为谁招魂。

　　招谁之魂,历来有争议,但从屈原角度看,应是招楚
怀王之魂,而其时,怀王已魂魄离散亡于秦了,否则巫阳
不会说"恐后之谢,不能复用"。

诗篇的主要内容,即招魂词,在以下诗行中予以展示。

乃下招曰①:魂兮归来!去君之恒干②,何为四方些③?舍君之乐处④,而离彼不祥些⑤!魂兮归来,东方不可以托些⑥!长人千仞⑦,惟魂是索些⑧。十日代出⑨,流金铄石些⑩。彼皆习之⑪,魂往必释些⑫。归来归来,不可以托些。魂兮归来,南方不可以止些⑬。雕题黑齿⑭,得人肉以祀⑮,以其骨为醢些⑯。蝮蛇蓁蓁⑰,封狐千里些⑱。雄虺九首⑲,往来倏忽⑳,吞人以益其心些㉑。归来归来,不可以久淫些㉒。魂兮归来,西方之害,流沙千里些。旋入雷渊㉓,靡散而不可止些㉔。幸而得脱,其外旷宇些㉕。赤蚁若象㉖,玄蜂若壶些㉗。五谷不生,藜菅是食些㉘。其土烂人㉙,求水无所得些。彷徉无所倚㉚,广大无所极些。归来归来,恐自遗贼些㉛。魂兮归来,北方不可以止些。
增冰峨峨㉜,飞雪千里些。归来归来,不可以久
些。魂兮归来,君无上天些。虎豹九关㉝,啄害
下人些。一夫九首,拔木九千些。豺狼从目㉞,
往来侁侁些㉟。悬人以娭㊱,投之深渊些。致
命于帝,然后得瞑些㊲。归来归来,往恐危身
些! 魂兮归来,君无下此幽都些㊳。土伯九
约㊴,其角觺觺些㊵。敦脄血拇㊶,逐人驱驱
些㊷。参目虎首㊸,其身若牛些。此皆甘人㊹。
归来归来,恐自遗灾些。魂兮归来,入修门
些㊺。工祝招君㊻,背行先些㊼。秦篝齐缕㊽,郑
绵络些㊾。招具该备㊿,永啸乎些㊾。魂兮归
来,反故君些㊿。天地四方,多贼奸些。像设君
室㊿,静闲安些㊿。高堂邃宇㊿,槛层轩些㊿。层
台累榭㊿,临高山些。网户朱缀㊿,刻方连些㊿。
冬有突厦㊿,夏室寒些。川谷径复㊿,流潺湲
些。光风转蕙㊿,氾崇兰些㊿。经堂入奥㊿,朱

尘筵些⑥。砥室翠翘⑥，挂曲琼些⑥。翡翠珠
被，烂齐光些⑥。翡阿拂壁⑥，罗帱张些⑦。纂
组绮缟⑦，结琦璜些⑫。室中之观，多珍怪些。
兰膏明烛⑦，华容备些⑦。二八侍宿⑦，射递代
些⑦。九侯淑女⑦，多迅众些⑦。盛鬋不同制⑦，
实满宫些。容态好比，顺弥代些⑧。弱颜固
植⑧，謇其有意些⑧。姱容修态⑧，絙洞房些⑭。
蛾眉曼睩⑤，目腾光些。靡颜腻理⑯，遗视矊
些⑰。离榭修幕⑧，侍君之闲些⑨。翡帏翠帐，
饰高堂些。红壁沙版⑨，玄玉之梁些⑨。仰观
刻桷⑨，画龙蛇些。坐堂伏槛，临曲池些。芙蓉
始发，杂芰荷些⑨。紫茎屏风⑭，文缘波些⑤。
文异豹饰⑯，侍陂陁些⑰。轩辌既低⑧，步骑罗
些⑨。兰薄户树⑩，琼木篱些⑩。魂兮归来，何
远为些？室家遂宗⑩，食多方些⑩。稻粢穱
麦⑭，挐黄粱些⑩。大苦咸酸，辛甘行些⑩。肥
牛之腱⑩，臑若芳些⑩。和酸若苦⑩，陈吴羹

些[110]。脼鳖炮羔[111]，有柘浆些[112]。鹄酸臇凫[113]，煎鸿鸧些[114]。露鸡臛蠵[115]，厉而不爽些[116]。粔籹蜜饵[117]，有怅惶些[118]。瑶浆蜜勺[119]，实羽觞些[120]。挫糟冻饮[121]，酎清凉些[122]。华酌既陈[123]，有琼浆些。归来反故室[124]，敬而无妨些[125]。肴羞未通[126]，女乐罗些[127]。陈钟按鼓[128]，造新歌些。《涉江》《采菱》，发《扬荷》些[129]。美人既醉，朱颜酡些[130]。娭光眇视[131]，目曾波些[132]。被文服纤[133]，丽而不奇些。长发曼鬋[134]，艳陆离些。二八齐容[135]，起郑舞些[136]。衽若交竿[137]，抚案下些[138]。竽瑟狂会[139]，搷鸣鼓些[140]。宫庭震惊，发《激楚》些。吴歈蔡讴[141]，奏大吕些[142]。士女杂坐，乱而不分些。放陈组缨[143]，班其相纷些[144]。郑卫妖玩[145]，来杂陈些[146]。《激楚》之结[147]，独秀先些[148]。菎蔽象棋[149]，有六簙些[150]。分曹并进[151]，遒相迫些[152]。成枭而牟[153]，呼五白些[154]。晋制犀比[155]，费白日些[156]。铿钟摇簴[157]，揳梓瑟些[158]。娱酒不废[159]，沉日夜些⑩。兰膏明烛,华镫错些⑯。结撰至思⑯,兰芳假些⑯。人有所极,同心赋些。酣饮尽欢,乐先故些⑯。魂兮归来,反故居些。

① 下招:降下来招魂。

② 去:离开。恒干:躯体。

③ 何为:为何。些:语气词,巫术中的专门用语。

④ 舍:抛弃。

⑤ 离:遭受。

⑥ 托:寄托,寄居。

⑦ 长人:巨人。仞:八尺;千仞,极言其巨大。

⑧ 索:搜寻。此句说专门搜索人的灵魂。

⑨ 十日:十个太阳。代出:并出,一说轮流升起。

⑩ 流金铄石:晒得金石熔化。

⑪ 习:习惯。

⑫ 释:熔解,销释。

⑬ 止:停止,停留。

⑭ 雕题:额上刻花纹,涂颜色,这里指那些南方未开化的人。

⑮ 祀:祭祀。

⑯ 醢:肉酱。

⑰ 蝮蛇:一种大毒蛇。蓁蓁:原指草木茂盛,此处指蝮蛇多
　　而盘聚。

⑱ 封狐:大狐。

⑲ 雄虺:大毒蛇。九首:九个头。

⑳ 倏忽:迅速飘忽。

㉑ 益:补益。

㉒ 久淫:久游。

㉓ 旋入:卷入,卷进。雷渊:又作雷泉,神话中的水名。

㉔ 麋散:粉碎纷散。

㉕ 旷宇:空旷之荒野。

㉖ 螘:同"蚁"。

㉗ 壶:瓠,葫芦。

㉘ 藂:同"丛",丛。菅:一种野茅草。

㉙ 其土:指西方之土。烂:烧烂,焦烂。

㉚ 彷徉:游荡不定的样子。

㉛ 遗贼:遗,给予,贼,灾害。

㉜ 增:通"层"。峨峨:高耸貌,形容冰山之高。

㉝ 九关:九天之关,指天门。

㉞ 从目：纵目，竖着眼睛，凶恶样。

㉟ 侁侁：众多。

㊱ 悬人：把人吊起来，一说倒悬人。娭：同"嬉"，此指戏弄，恶作剧。

㊲ 瞑：古"眠"字，闭目安眠。

㊳ 幽都：地下城府。

㊴ 土伯：后土之伯，地府妖魔之王。九约：其身九曲，或说有九条尾巴，或说纠合九位把关。

㊵ 觺觺：尖锐。

㊶ 敦脄：背肉肥厚，脄，背肉，敦，肥厚。血拇：染血的指爪。

㊷ 驲驲：跑得快的样子。

㊸ 参：同"叁"，三。

㊹ 甘人：喜欢吃人。

㊺ 修门：楚国郢都的南关三门之一。

㊻ 工祝：有本领的巫师，一说太祝之官。

㊼ 背行：倒退着走路。

㊽ 篝：竹笼，招魂工具。缕：丝线。

㊾ 绵：缠。络：编织。绵络，盖指木络，盾之属。

㊿ 招具：招魂的道具、工具。该备：齐备。

(51) 永：长。啸：吹哨。

(52) 反：返。

(53) 像：画像。设：陈设、设置。

(54) 静闲：清静安闲。

(55) 邃：深。

(56) 此句说层层高轩有栏杆围绕。轩，长廊，一说楼板。

(57) 累：层叠。

(58) 网户：带有镂空花格的门。朱缀：红色连结。

(59) 方连：方格图案连接。

(60) 突厦：突，深，此指结构重深的暖房。

(61) 径复：指川谷流水曲折萦回。

(62) 光风：阳光、微风。转蕙：摇动蕙草，蕙草是楚地一种香草。

(63) 氾：同“泛”，洋溢。崇：同“丛”。

(64) 奥：指内室。

(65) 尘：承尘，即屋顶棚。筵：地上的竹席。

(66) 砥室：用大理石（一说磨平的石板）铺的房间。翠翘：翠鸟的长尾。

(67) 曲琼：玉钩。

⑱ 烂：灿烂。

⑲ 翡阿：轻柔的绸子，产于齐之东阿，故称。翡，同"弱"。

⑳ 罗帱：丝织的帐子。张：张挂。

㉑ 纂组：装饰佩结，一说为红色和杂色的丝带。绮缟：丝带。

㉒ 琦璜：指美玉、玉器。

㉓ 兰膏：兰脂，加香料的油脂。

㉔ 华容：美貌，指美女。备：齐备。

㉕ 二八：指行列和人数，两行，每行八人。侍宿：陪侍过夜。

㉖ 射：厌。递代：轮换、替代。

㉗ 九侯：列侯，列国诸侯。

㉘ 迅众：出众，或说敏捷过人的众女。

㉙ 盛鬋：浓密的美发。制：式样。

㉚ 顺：实在，真正。弥代：盖世，绝代。

㉛ 弱颜：娇嫩的容貌。固植：竖立侍候。一说心志坚贞。

㉜ 謇：发语词。

㉝ 姱：美好。修：修长，美好。

㉞ 纽：同"亘"，连贯，不绝。

㉟ 曼睩：美目顾盼。

㊱ 靡：精致。腻：光滑。理：皮肤。

(87) 遗视：投送一瞥，或说偷着瞅人。睇：含情的目光。

(88) 离榭：宫廷外的台榭。修幕：大帐篷。

(89) 闲：闲暇。

(90) 沙版：丹砂漆的户版、窗台版等。

(91) 玄：黑色。

(92) 刻桷：雕刻的方形椽子。

(93) 芰荷：荷的一种。

(94) 屏风：即荇菜。

(95) 文：纹。缘：因。此处指因风而水起波纹。

(96) 文：文采。豹饰：用豹皮作装饰的衣服，这是指古代卫士穿的服装，以显其威武勇猛。

(97) 侍：侍卫。陂陁：高低不平的山坡。

(98) 轩：有篷的车。辌：卧车，可卧息之车。低：抵，到达。

(99) 罗：罗列。

(100) 兰薄：丛生的兰草。树：种。

(101) 篱：篱笆，此指用琼树做成篱笆。

(102) 遂宗：当作一族之尊长对待。一说聚居一起。

(103) 多方：多种多样。

(104) 粢：小米。穱：麦的一种。

⑩ 挈：掺杂。

⑩ 行：尝。此二句指苦、咸、酸、辣、甜各种味道并尝。

⑩ 腱：筋。

⑩ 臑：烂熟。若：而。

⑩ 和：调和。

⑪ 陈：陈列，摆出。吴羹：用吴地做法（具吴国风味）的浓汤。

⑪ 胹：煮。炮：一种烹调方法，类似煨。

⑪ 柘浆：甘蔗榨的糖汁。

⑪ 鹄：天鹅。酸：醋溜。臇：一种烹调方法，类似炖。一说干烧。凫：野鸭。

⑪ 鸿：大雁。鸧：水鸟名。

⑪ 露鸡：风鸡。臛：汤羹，此处指烹调方法。蠵：大龟。

⑪ 厉：味道浓烈。爽：败，楚方言，此指不伤胃。

⑪ 粔籹：一种用蜜和米面油煎的糕饼。蜜饵：蜜糕。

⑪ 餦餭：饴糖类食品。

⑪ 勺：通"酌"。

⑫ 实：装满。羽觞：饮酒器，两旁如翼，故名。

⑫ 挫：挤压。挫糟，指从酿酒缸中压出酒。冻饮：用冰镇过的酒。

⑫ 酎：醇酒。

⑬ 华酌：有华美装饰的酒斗。陈：摆设。

⑭ 故室：老家。

⑮ 此句指家人都对你敬献美酒，你可尽饮无妨。

⑯ 肴羞：泛指精美食品。通：遍设，上齐。

⑰ 女乐：表演歌舞的女子乐队。

⑱ 敶：陈列。

⑲ 发：齐声发出。

⑬⓪ 酡：面泛红色。

⑬① 娭：嬉戏，娭光，撩人的目光。眇视：半目斜视。

⑬② 曾：层。

⑬③ 被：披。文：文采。纤：细软丝织品。

⑬④ 曼鬋：细柔有光泽的鬓发。

⑬⑤ 齐容：容饰相同。

⑬⑥ 郑舞：郑国的舞蹈。

⑬⑦ 袵：衣袖。若交竿：如竹竿交错。

⑬⑧ 抚案下：手抚着案而徐下。

⑬⑨ 狂会：竞奏，齐奏。

⑭⓪ 搷：用力打鼓。

⑭ 歈：指歌。

⑭ 大吕：本指古乐十二律之一，此指新乐。

⑭ 放：解下。组缨：衣带和冠缨。

⑭ 班：同"斑"。一说班次，即座次。

⑭ 妖玩：新奇的乐曲，一说新奇的玩耍节目，又说妖艳的
美女。

⑭ 杂陈：穿杂并舞。一说穿插表演。

⑭ 结：尾声。

⑭ 秀先：优秀出众于先奏之乐。

⑭ 蔸蔽：玉制的筹码，一说射筒。象棋：象牙做的棋子。

⑮ 六簙：一种赌具。

⑮ 分曹：分组。一说二人分曹对下各自进子。

⑮ 遒：紧急，起劲。

⑮ 枭：头彩。牟：加倍胜。

⑮ 呼五白：掷骰时呼令五颗骰面成一色。

⑮ 晋制：晋国制的。犀比：金带钩。一说犀角制成的赌具。

⑯ 费：光貌。

⑯ 铿：打钟。簴：钟架。

⑯ 揳：弹奏。梓瑟：用梓木做成的瑟。

⑮娱酒：以饮酒为娱乐。不废：不止。

⑯沉：沉溺。

⑯镫：同"灯"。错：错落，错杂。一说置。

⑯结撰：构思撰述，指酒后赋诗。至思：深思。

⑯假：借，借助。兰芳：指诗篇优美如假借兰芳香气。

⑯先故：先祖。一说古代掌故。

　　以上是全部招魂词的内容，大致分为两层：先是"外陈四方之恶"，极力渲染东、南、西、北、天、地之险恶、恐怖，劝诫决不可滞留；后是"内崇楚国之美"，极力铺叙若返回故国，则饮食、娱乐、居处等均将极度豪华奢靡，呼唤灵魂早日返归。

　　诗篇不惜以大量堆砌的辞藻作极度夸张的铺叙与陈述，这是民间招魂词本身的需要，也是诗篇内容的必需——由此，读者也足可见诗人所招之魂必为君主无疑。

　　虽然诗章在铺陈上不惜重章叠词，但诗意的层次结构还是清晰明了的，尤其天地四方及各种陈设、享受的尽情展示,给人有虽繁缛而实整饬有序之感。

乱曰[①]:献岁发春兮[②],汨吾南征[③]。菉蘋齐叶兮[④],白芷生。路贯庐江兮[⑤],左长薄[⑥]。倚沼畦瀛兮[⑦],遥望博[⑧]。青骊结驷兮[⑨],齐千乘[⑩]。悬火延起兮[⑪]玄颜烝[⑫]。步及骤处兮[⑬],诱骋先[⑭]。抑骛若通兮[⑮],引车右还。与王趋梦兮[⑯],课后先[⑰]。君王亲发兮[⑱],惮青兕[⑲]。朱明承夜兮[⑳],时不可以淹[㉑]。皋兰被径兮[㉒],斯路渐[㉓]。湛湛江水兮[㉔],上有枫。目极千里兮,伤春心。魂兮归来,哀江南。

① 乱曰:结尾用语。

② 献岁:进入新的一年。发春:春气发动。

③ 汨:疾,急速。

④ 菉:绿。蘋:水草名。

⑤ 贯:穿过。

⑥ 长薄:草木丛生之地。一说地名。

⑦ 倚:靠。畦:水田。瀛:大水。

⑧ 博:宽阔。

⑨ 骊:黑色的马。

⑩ 齐千乘:千乘车马整齐出发。

⑪ 悬火:火把,火炬。一说悬灯。延起:火势蔓延,冲天
   而起。

⑫ 玄颜:暗黑红的天空。烝:升腾,上升。

⑬ 骤处:驰马所到之处。

⑭ 诱:向导。骋先:一马当先。

⑮ 抑:控制。驽:驰。通:通畅,不堵塞。

⑯ 趋梦:奔向云梦。

⑰ 课:评比,考察。

⑱ 亲发:亲自发箭。

⑲ 惮:殚,击毙。青兕:青色大野牛。

⑳ 朱明:太阳初升,一说红日。承:接续。

㉑ 淹:久留。

㉒ 皋兰:水边的兰草。被:覆盖。径:小路。

㉓ 斯:这,此。渐:淹没。

㉔ 湛湛:江水蓝貌。一说水深貌。

诗的结尾,以"乱曰"形式告终,既是全部招魂词的归结,也是诗人发抒情感的表述。蒋骥《山带阁注楚辞》说:"卒章魂兮归来哀江南,乃作文本旨,余皆幻设耳。"这话应该是道出了此诗的旨意。

由此,读者也可明晓,屈原写作《招魂》,不仅是悼念故去的君主,也还蕴藉了以君主之哀亡激发楚人报国图强之欲念——这才是诗人创作此诗之真正现实意义所在。

本诗是一篇典型的采用楚地民间风俗——招魂形式写成的具有浓烈文学色彩的招魂词,它在体式上与楚辞其他篇章很不相同,堪称独具一格,它是诗人屈原借用楚地民间歌谣形式抒发自我情感的独创表现。

全诗三大部分——引言、正文、尾声,既清晰分别,又联贯一气;诗中的对白与巫师的大段叫魂,浑然一体,而作者的思想感情则有机地贯穿于整个一系列的表现形式中。

本诗艺术上的最鲜明特色是大段的铺陈:"外陈四方之恶"——东、南、西、北、天、地,"内崇楚国之美"——起居、饮食、歌舞、游乐等；其结构体式与用词特色,显示了极为独特的风格,为前所罕见,对之后产生的汉赋影响甚大。

历来对本诗作者及诗中究竟招谁之魂,争议较大,诸说纷纭。笔者以为,依据司马迁《史记·屈原列传》记载,并参照诗篇本身内容,可以判断,本诗作者应为屈原,所招之魂乃楚怀王。

卜居

屈原既放①,三年不得复见②。竭知尽忠③,而蔽鄣于谗④。心烦意乱,不知所从。乃往见太卜郑詹尹,曰⑤:余有所疑,愿因先生决之⑥。詹尹乃端策拂龟曰⑦:君将何以教之?屈原曰:吾宁悃悃款款,朴以忠乎⑧?将送往劳来,斯无穷乎⑨?宁诛锄草茅,以力耕乎?将游大人,以成名乎⑩?宁正言不讳,以危身乎?

将从俗富贵,以婾生乎^⑪? 宁超然高举,以保真乎? 将哫訾栗斯,喔咿儒儿,以事妇人乎^⑫? 宁廉洁正直,以自清乎? 将突梯滑稽,如脂如韦,以洁楹乎^⑬? 宁昂昂若千里之驹乎? 将泛泛若水中之凫,与波上下,偷以全吾躯乎? 宁与骐骥抗轭乎^⑭? 将随驽马之迹乎? 宁与黄鹄比翼乎^⑮? 将与鸡鹜争食乎^⑯? 此孰吉孰凶? 何去何从? 世溷浊而不清^⑰:蝉翼为重,千钧为轻。黄钟毁弃,瓦釜雷鸣^⑱。谗人高张,贤士无名^⑲。吁嗟默默兮,谁知吾之廉贞? 詹君乃释策而谢曰^⑳:夫尺有所短,寸有所长。物有所不足,智有所不明。数有所不逮,神有所不通^㉑。用君之心,行君之意,龟策诚不能知此事。

① 既放:已经被流放。

② 复见:再被召见。

③ 知:智。

④ 鄣:遮隔。此句言谗言把他和楚王之间遮蔽阻隔了。

⑤ 太卜：掌管卜筮的官。

⑥ 因：通过。

⑦ 端策：摆正占卜用的蓍草。拂龟：拂去龟甲上的灰尘。

⑧ 宁：宁可,宁愿。悃悃款款：诚实无保留。朴以忠：朴实而忠诚。

⑨ 劳：慰劳。斯无穷：就这样永远下去。斯,这样。

⑩ 游大人：与贵族大人们交游。

⑪ 媮：偷。

⑫ 喌(zú)訾：阿谀逢迎。栗斯：曲意奉承。喔咿儒儿：强笑曲从。

⑬ 突梯：圆滑。如脂如韦：像油脂一样光滑,像熟牛皮一样柔软,均指善于应付周围人事关系。洁楹：测量圆柱。

⑭ 抗轭：并驾。

⑮ 黄鹄：天鹅。比翼：比肩齐飞。

⑯ 鹜：鸭。

⑰ 溷：混。

⑱ 瓦釜：瓦做的锅。

⑲ 谗人：进谗言的小人。

⑳ 释：放下。谢：辞谢。

㉑ 数：卦数。逮：及，到。通：通晓。

　　本篇的艺术表现形式在先秦时代的诗歌中可谓别具一格，与《渔父》篇有异曲同工之处，同为中国早期寓意深邃的散文诗佳作。

　　作者实际上是借占卜问卦形式，从侧面表述自己的崇高志向与高洁人格，以显示不愿与世俗同流合污、苟且偷生的决心。

　　一连串的"宁……乎"、"将……乎"，既是发问询答，更是心声的吐露、心志的表白，愤世嫉俗，耿介卓立的性格与品质特征由此得以凸显。

　　本诗可称是中国早期的一首风格独特、寓意深刻的散文诗精品，值得细细品味并深长思之。

渔父

　　屈原既放①，游于江潭②，行吟泽畔③，颜色憔悴④,形容枯槁⑤。渔父见而问之曰:"子非三闾大夫与⑥? 何故至于斯⑦?"屈原曰:"举世皆浊我独清;众人皆醉我独醒。是以见放⑧。"渔父曰:"圣人不凝滞于物,而能与世推移⑨。举世皆浊,何不淈其泥而扬其波⑩? 众人皆醉,何不餔其糟而歠其醨⑪? 何故深思高举,自令放为?⑫"屈原曰:"吾闻之,新沐者必弹冠,新浴者必振衣⑬。安能以身之察察,受物之汶汶者乎⑭? 宁赴湘流,葬于江鱼之腹中,安能以皓皓之白,而蒙世俗之尘埃乎?"渔父莞尔而笑⑮,鼓枻而去⑯,歌曰:"沧浪之水清兮,可以濯吾缨⑰;沧浪之水浊兮,可以濯吾足。"遂去,不复与言⑱。

① 既:已经。放:被放逐。
② 江潭:这里指沅江一带。
③ 泽畔:水边。
④ 颜色:指脸色。

⑤ 形容：形体和容貌。枯槁：枯瘦。

⑥ 三闾大夫：屈原在怀王时担任的官职，掌管楚国屈、昭、景
三姓贵族。

⑦ 斯：此，这里指此地。

⑧ 是以：因此。见放：被放逐。

⑨ 凝滞：冻结不流，意指主观意志执着。与世推移：指适应
客观环境及其变化。

⑩ 淈：搅乱。此句指世人皆混浊，你何不也搅乱泥沙、翻起波
浪，与他们同流合污？

⑪ 餔：食。糟：酒糟。歠(chuò)：饮、喝。醨：薄酒。此句是
说，众人皆醉，你何不也连酒带糟喝个大醉？

⑫ 深思高举：意指忧君忧民，行为高于时俗。

⑬ 弹冠，振衣：均指洗浴后去除灰尘的动作。

⑭ 察察：洁白。汶汶：昏暗不明，污垢。

⑮ 莞尔：微笑的样子。

⑯ 鼓枻(yì)：划动短桨。

⑰ 濯：洗。缨：帽带。

⑱ 遂：就。复：再。

从文体形式上说,本篇以对话体展示主人公屈原的高洁人格与心灵,堪为千古佳篇。

全篇以散文诗形式展开,屈原的出场形象,隐示了他其时其地的心境与遭遇,然而与渔父的对答之辞,却又充分显示了他的崇高人格与孤傲心态,为读者塑造了一位高大圣洁、不愿与世俗随波逐流的人物形象。

最精彩也最令人难忘的佳句是"举世皆浊我独清,众人皆醉我独醒",将一位心志高洁、独立不羁的诗人形象全然烘托出来了,极为生动真切地勾勒出了屈原的个性特征,其形象可谓历千秋百代而不朽。

渔父的对白和表现,也令人称绝,很好地起了陪衬作用,读后使人难忘。

二、宋玉

　　宋玉是战国时代楚国继屈原之后又一个著名的辞赋作家。《史记·屈原贾生列传》说："屈原既死之后，楚有宋玉、唐勒、景差之徒，皆好辞而以赋见称。然皆祖屈原之从容辞令，终莫敢直谏。"关于宋玉的生平，根据《史记》、《汉书》与《新序》、《襄阳者旧传》等书的简略记载，大致可知他出身寒微，但素有才气，容貌出众，后被人推荐做了顷襄王的侍臣（一说大夫）。在朝期间，常随顷襄王出游，但多受排挤打击，很不得志，最后失去了官职，成了一个落魄文人。

　　宋玉的作品，《汉书·艺文志》记有 16 篇。一般认为除《九辩》较为可信外，其他作品的真伪大多不能确定。《九辩》是一首长篇抒情诗,作者借悲秋来抒写"贫士失职"的"不平"与悲哀。它的悲秋主题和借景抒情的方法,对以后历代作者都产生过深远的影响。而《文选》所收《风》、《高唐》、《神女》、《登徒子好色》等赋,也以描绘出色受到后人的推崇。刘勰因此把宋玉作为楚辞向汉赋过渡的重要人物,明陆时雍、清王夫之也都把他看成是能嗣屈原遗响的第一人。

九辩

悲哉,秋之为气也^①! 萧瑟兮草木摇落而变衰。憭慄兮若在远行^②,登山临水兮送将归。泬寥兮天高而气清^③,宋寥兮收潦而水清^④。憯凄增欷兮薄寒之中人^⑤。怆怳懭悢兮去故而就新^⑥,坎廪兮贫士失职而志不平^⑦。廓落兮羁旅而无友生^⑧,惆怅兮而私自怜。燕翩翩其辞归兮,蝉寂漠而无声^⑨。雁廱廱而南游兮^⑩,

鹍鸡啁哳而悲鸣⑪。独申旦而不寐兮⑫，哀蟋蟀之宵征⑬。时亹亹而过中兮⑭，蹇淹留而无成⑮。

① 气：气氛，一说气象。

② 憭慄(liǎo lì)：凄怆，悲凉貌。

③ 泬(xuè)寥：空旷、萧条貌。

④ 寂寥：虚静貌。一说水清貌。寂，同“寂”。寥，同“寥”。
　收潦：收尽雨水，指大水退去。

⑤ 憯(cǎn)凄：悲痛，悲伤。增欷：加叹息。

⑥ 怆怳懭悢：失意貌。

⑦ 坎廪(lǐn)：不平，不顺利。失职：失去官职。

⑧ 廓落：空虚、孤独。羁旅：滞留他乡。友生：指知心朋友。

⑨ 寂漠：寂寞。

⑩ 雍(yōng)雍：和谐的鸣叫声。

⑪ 鹍鸡：一种似鹤的鸟。啁哳：大小杂碎的叫声。

⑫ 申旦：到天明，指通宵达旦。

⑬ 宵征：黑夜跳动、爬行。

⑭ 亹(wěi)亹：前进不息。过中：过了一半。

⑮蹇：发语词。淹留：停留。

    "九辩"之名，《离骚》、《天问》中均有出现："启《九辩》与《九歌》兮"（《离骚》）、"启棘宾商，《九辩》《九歌》"（《天问》）。《山海经》中也有："夏后开上三嫔于天，得《九辩》与《九歌》以下。"由此可知，"九辩"很可能是古代流传下来的乐调。王夫之《楚辞通释》释《九辩》为："辩，犹遍也，一阕谓之一遍。盖亦效夏启《九辩》之名，绍古体为新裁，可以被之管弦。其词激宕淋漓，异于风雅，盖楚声也。"这是说明，宋玉《九辩》以"九辩"作为标题，乃是从音乐意义上取其曲调之名，与内容本身无关。

    这是首段，因秋而兴感，唱出了千古悲秋第一音："悲哉，秋之为气也……"宋玉因此被誉为"悲秋"诗人。"贫士失职而志不平"是全诗的旨意所在，也乃诗人真实心声之吐露。

        悲忧穷蹙兮独处廓①，有美一人兮心不

绎^②。去乡离家兮徕远客^③,超逍遥兮今焉
薄^④?专思君兮不可化^⑤,君不知兮其奈何!
蓄怨兮积思,心烦憺兮忘食事。愿一见兮道余
意,君之心兮与余异。车既驾兮朅而归^⑥,不得
见兮心伤悲。倚结轸兮长太息^⑦,涕潺湲兮下
沾轼^⑧。忼慨绝兮不得,中瞀乱兮迷惑^⑨。私
自怜兮何极,心怦怦兮谅直^⑩。

① 穷蹙:处于穷困之境。处廓:处于空虚。

② 绎:同"怿",指愉快、喜悦。

③ 徕:同"来"。

④ 焉薄:焉,哪里。薄,迫,到,一说泊。

⑤ 化:变化,改变。

⑥ 朅(qiè):离去。

⑦ 结轸(líng):车上的栏木。

⑧ 轼:车前可伏人的靠手横板。

⑨ 中:内心。瞀(mào)乱:烦乱。

⑩ 谅直:忠诚正直。

以上第二段,叙自身遭遇之坎坷。"悲忧穷戚",
"去乡离家",君心与己异,唯有伤悲叹息;但作者内心
无愧,仍坚持正直。

皇天平分四时兮①,窃独悲此凛秋②。白
露既下百草兮,奄离披兮梧楸③。去白日之昭
昭兮④,袭长夜之悠悠⑤。离芳蔼之方壮兮⑥,
余萎约而悲愁⑦。秋既先戒以白露兮,冬又申
之以严霜⑧。收恢台之孟夏兮⑨,然欲傺而沉
藏⑩。叶菸邑而无色兮⑪,枝烦挐而交横⑫。颜
淫溢而将罢兮⑬,柯仿佛而萎黄⑭。萷櫹椮之
可哀兮⑮,形销铄而瘀伤⑯。惟其纷糅而将落
兮,恨其失时而无当⑰。揽骐骥而下节兮⑱,聊
逍遥以相佯⑲。岁忽忽而遒尽兮⑳,恐余寿之
弗将㉑。悼余生之不时兮㉒,逢此世之俇攘㉓。
澹容与而独倚兮㉔,蟋蟀鸣此西堂。心怵惕而
震荡兮㉕,何所忧之多方㉖。卬明月而太息

兮㉗,步列星而极明㉘。

① 此句指上天平分一年四季。

② 窃:独自,私下。凛:寒冷。

③ 奄:忽也,遽也。离披:分散,枝叶疏落。梧楸:梧桐树,楸树,均为早凋之树木。

④ 去:离去。昭昭:光明、光亮貌。

⑤ 袭:暗暗进入。悠悠:长久、无尽貌。

⑥ 芳蔼:芳菲繁盛。方壮:正当壮年。

⑦ 萎约:枯萎、萎缩。

⑧ 申:加上。

⑨ 收:收敛。恢台:盛大、广大貌,指盛夏草木生命力最旺盛时期,此句"孟"疑为"盛"。

⑩ 歘傺:歘,陷落;傺,停止。沉:深。

⑪ 荥邑:伤怀。

⑫ 烦挐:纷乱。

⑬ 颜:指枝叶颜色。淫溢:过度,一说浸渐。罢:通"疲",指凋零,疲败。

⑭ 柯:枝干。仿佛:模糊。

⑮ 蔪：梢,树梢。橝槮：无叶空秃挺立貌。

⑯ 销铄：销熔,指受损毁。

⑰ 无当：没有好际遇,遭遇不当。

⑱ 擥：同"揽"。骒：车两旁之马。下节：按节,安步徐行。

⑲ 相佯：徜徉,漫游,自由自在徘徊。

⑳ 遒尽：迫近结束。

㉑ 将：长。

㉒ 不时：没有遇上好时光。

㉓ 怔忀：兵荒马乱,混乱。

㉔ 淡：安静貌。容与：闲散貌。

㉕ 怵惕：惊惧。

㉖ 此句言为何忧愁的东西那么多。

㉗ 卬：同"仰",仰望。

㉘ 步：行走,徘徊。列星：众星。极明：到天明。

以上第三段,续写悲秋,以自然界秋日之具体状貌衬托内心的忧愁,抒发生不逢时、怀才不遇之感叹。

窃悲夫蕙华之曾敷兮①,纷旖旎乎都房②。

何曾华之无实兮③,从风雨而飞飏。以为君独
服此蕙兮④,羌无以异于众芳⑤。闵奇思之不
通兮⑥,将去君而高翔。心闵怜之惨凄兮,愿一
见而有明。重无怨而生离兮,中结轸而增伤⑦。
岂不郁陶而思君兮⑧,君之门以九重。猛犬狺
狺而迎吠兮⑨,关梁闭而不通。皇天淫溢而秋
霖兮⑩,后土何时而得漖⑪?块独守此无泽
兮⑫,仰浮云而永叹。

① 蕙华:蕙草之花。曾敷:曾经开放。

② 纷:众多貌。旖旎:繁盛貌。都房:指大花房。都,华丽、
优美,一说大。

③ 曾华:重瓣花朵,一说一重重花朵。无实:没有果实。

④ 服:佩带。蕙:即蕙花。

⑤ 羌:句首词,表语气。

⑥ 闵:悯,哀怜。不通:不上通于君主。

⑦ 结轸:郁结而沉痛。

⑧ 郁陶:忧思郁结。

⑨ 猖猖：狗叫声。迎吠：意指拒贤人。

⑩ 淫溢：指下雨过多。

⑪ 漧：同"乾"，干。

⑫ 块：孤独。无：芜，荒芜。

以上第四段，诗人以为事君不合乃是最大之心患，虽愿与君通，申明内志，却苦于无法实现，只能"仰浮云而永叹"。

何时俗之工巧兮①，背绳墨而改错②。却骐骥而不乘兮，策驽骀而取路③。当世岂无骐骥兮，诚莫之能善御④。见执辔者非其人兮⑤，故駶跳而远去⑥。凫雁皆唼夫梁藻兮⑦，凤愈飘翔而高举。圜凿而方枘兮⑧，吾固知其鉏铻而难入⑨。众鸟皆有所登栖兮，凤独遑遑而无所集⑩。愿衔枚而无言兮，尝被君之渥洽⑪。太公九十乃显荣兮⑫，诚未遇其匹合⑬。谓骐骥兮安归⑭？谓凤皇兮安栖？变古易俗兮世衰,今之相者举肥^⑮。骐骥伏匿而不见兮^⑯,凤皇高飞而不下。鸟兽犹知怀德兮,何云贤士之不处^⑰? 骥不骤进而求服兮^⑱,凤亦不贪喂而妄食。君弃远而不察兮,虽愿忠其焉得? 欲寂漠而绝端兮^⑲,窃不敢忘初之厚德。独悲愁其伤人兮,冯郁郁其何极^⑳!

① 工巧:善于取巧。

② 错:同"措";措施。

③ 驽骀:劣马,此喻指小人。

④ 诚:实在。莫之:没有人。御:驾御。

⑤ 非其人,不是合适的人,没有驾御能力的人。

⑥ 驧(jú)跳:跳跃。

⑦ 凫雁:野鸭野鹅类。唼(shà):吃食(水鸟或鱼类)。粱:粟米、小米。藻:水草。

⑧ 圜凿:圆的榫眼。方枘:方的榫头。

⑨ 钮铻:即龃龉,意指不相合。

⑩ 集:栖止,栖身。

⑪ 尝：曾。被：蒙受。渥洽：深厚的恩泽。

⑫ 太公：指姜尚，姜太公。

⑬ 匹合：此指君臣相契。

⑭ 安：哪里。

⑮ 相者：相马的人。举肥：荐举肥马。

⑯ 伏匿：隐藏。

⑰ 不处：不留，一说不会自处。

⑱ 服：驾，驾车。

⑲ 绝端：断绝思绪，一说灭绝迹印。

⑳ 冯：愤懑。冯郁郁：愁闷不解的样子。何极：何时终结。

以上第五段，慨叹贤才之难于遇合，骐骥、凤皇尚且如此，何况我辈？诗人内心之彷徨、痛苦于此再现。

霜露惨凄而交下兮①，心尚幸其弗济②。
霰雪雰糅其增加兮③，乃知遭命之将至④。愿
徼幸而有待兮，泊莽莽与野草同死⑤。愿自往
而径游兮⑥，路壅绝而不通⑦。欲循道而平驱

兮^⑧,又未知其所从。然中路而迷惑兮,自压桉
而学诵^⑨。性愚陋以褊浅兮^⑩,信未达乎从
容^⑪。窃美申包胥之气盛兮^⑫,恐时世之不
固^⑬。何时俗之工巧兮,灭规矩而改凿。独耿
介而不随兮,愿慕先圣之遗教。处浊世而显荣
兮,非余心之所乐。与其无义而有名兮,宁穷
处而守高^⑭。食不媮而为饱衣^⑮,衣不苟而为
温。窃慕诗人之遗风兮,愿托志乎素餐^⑯。骞
充倔而无端兮^⑰,泊莽莽而无垠^⑱。无衣裘以
御冬兮,恐溘死不得见平阳春^⑲。

① 交:一齐。

② 幸:希望。弗济:不成功。

③ 霰雪:小雪珠。雰:雪盛貌。

④ 遭命:遭遇到的命运。

⑤ 泊:停泊,此指置身。一说泊指广大。

⑥ 径:直接。一说小路。

⑦ 壅绝:阻隔。

⑧ 平驱：平稳驱驰。

⑨ 压桉：压制，克制。学诵：指学诗（《诗经》）。

⑩ 褊浅：狭隘浅薄。

⑪ 信：实在。

⑫ 美：赞美。申包胥：楚大夫，曾直接为救楚国而向秦君哭救。

⑬ 固：同。

⑭ 穷处：处于困穷之状。守高：守着高洁，守着清高。

⑮ 不媮：不偷，即不苟且。

⑯ 素餐：白吃饭，此处指以白吃饭为耻。

⑰ 充倔：自满，得意忘形。无端：没有来由。

⑱ 泊：飘泊不定。无垠：无际，无尽头。

⑲ 溘(kè)死：忽然死去。阳春：温暖的春天。

以上第六段，写处境穷困，前程艰难，加上楚国国运阽危，诗人确乎进退维谷。但他反复表示依然不变初衷，"与其无义而有名兮，宁穷处而守高"。

靓杪秋之遥夜兮①，心缭悷而有哀②。春

秋遄遄而日高兮③，然惆怅而自悲。四时递来而卒岁兮④，阴阳不可与俪偕⑤。白日晼晚其将入兮⑥，明月销铄而减毁。岁忽忽而遒尽兮⑦，老冉冉而愈弛⑧。心摇悦而日幸兮⑨，然怊怅而无冀⑩。中憯恻之凄怆兮⑪，长太息而增欷⑫。年洋洋以日往兮⑬，老嵺廓而无处⑭。事亹亹而觊进兮⑮，蹇淹留而踌躇。

① 靓：静。杪秋：暮秋。遥夜：长夜。

② 缭悷：缠绕郁结。

③ 春秋：年岁。遄遄：很快，愈走愈远。

④ 四时：四季。递来：递换，更迭而来。

⑤ 阴阳：日月，或指气候变化。俪偕：共同作伴。

⑥ 晼晚：太阳下山时昏暗样，喻年老。入：日落。

⑦ 遒尽：迫近尽头。

⑧ 弛：松懈，松弛。

⑨ 摇悦：时而动摇，时而喜悦。日幸：天天希望，一说愈觉
　　自幸。

⑩ 怊怅：惆怅。冀：希望。

⑪ 中：内心。惨恻：悲伤。

⑫ 欷：叹息。

⑬ 洋洋：无边无际。一说慢慢地。

⑭ 嵺：同"寥"。无处：无处托身。

⑮ 觊：希望，指望。进：进取。

　　以上第七段，写时光流逝，四时变换，而自己仍一无所成，诗人不禁感叹不已。

　　何泛滥之浮云兮，猋壅蔽此明月①。忠昭昭而愿见兮，然霠曀而莫达②。愿皓日之显行兮③，云蒙蒙而蔽之。窃不自聊而愿忠兮④，或黬点而污之⑤。尧舜之抗行兮⑥，瞭冥冥而薄天⑦。何险巇之嫉妒兮⑧，被以不慈之伪名⑨。彼日月之照明兮，尚暗黮而有瑕⑩。何况一国之事兮，亦多端而胶加⑪。被荷裯之晏晏兮⑫，然潢洋而不可带⑬。既骄美而伐武兮⑭，负左

右之耿介^⑮。憎愠怆之修美兮^⑯,好夫人之慷
慨^⑰。众蹀蹀而日进兮^⑱,美超远而逾迈^⑲。农
夫辍耕而容与兮^⑳,恐田野之芜秽。事绵绵而
多私兮,窃悼后之危败。世雷同而炫耀兮,何
毁誉之昧昧^㉑!今修饰而窥镜兮,后尚可以窜
藏^㉒。愿寄言夫流星兮,羌倏忽而难当^㉓。卒
壅蔽此浮云兮^㉔,下暗漠而无光^㉕。

① 猋:迅疾,指浮云。

② 雾曀:天气阴暗。

③ 皓日:光明的太阳。

④ 不自聊:不自料,即不自量。

⑤ 黓:污垢。

⑥ 抗行:高尚的行为。

⑦ 瞭:明亮。冥冥:高远。薄:迫近。

⑧ 险巇:险恶,艰险。

⑨ 被:加于……之上。

⑩ 暗黮:昏暗貌。

⑪ 胶加：胶葛，纠缠不清。

⑫ 被：披。襦：短衣。晏晏：鲜明貌，一说柔美。

⑬ 潢洋：宽荡。带：结带，系带。

⑭ 骄美：自骄其美。伐武：自夸勇武。

⑮ 负：倚恃，一说有负。左右：指近臣。耿介：正直。

⑯ 慍忳：忠诚者。

⑰ 好：喜好。夫人：那帮小人。

⑱ 蹀蹀(qiè dié)：奔竞。日进：一天天被进升。

⑲ 美：君子。逾迈：愈来愈疏远。

⑳ 容与：安闲貌。

㉑ 昧昧：昏暗貌。

㉒ 窜藏：逃窜躲藏。

㉓ 倏忽：忽忽，音指迅疾。

㉔ 卒：终于。壅蔽：蒙蔽。

㉕ 暗漠：暗淡，昏暗。

　　以上第八段，痛斥浮云蔽日、小人欺君，致使国事败坏，国家前途渺茫。

　　尧舜有所举任兮①,故高枕而自适。谅无
怨于天下兮,心焉取此怵惕②? 乘骐骥之浏浏
兮③,驭安用夫强策④? 谅城郭之不足恃兮⑤,
虽重介之何益? 邅翼翼而无终兮⑥,忳惽惽而
愁约⑦。生天地之若过兮⑧,功不成而无效,愿
沉滞而不见兮⑨,尚欲布名乎天下。然潢洋而
不遇兮⑩。直怐愗而自苦⑪。莽洋洋而无极
兮,忽翱翔之焉薄⑫? 国有骥而不知乘兮,焉皇
皇而更索⑬? 宁戚讴于车下兮,桓公闻而知之。
无伯乐之善相兮,今谁使乎誉之⑭? 罔流涕之
聊虑兮⑮,惟著意而得之⑯。纷忳忳之愿忠
兮⑰,妒被离而鄣之⑱。愿赐不肖之躯而别离
兮,放游志乎云中。乘精气之抟抟兮⑲,骛诸神
之湛湛⑳。骖白霓之习习兮㉑,历群灵之丰
丰㉒。左朱雀之茇茇兮㉓,右苍龙之躣躣㉔。属
雷师之阗阗兮㉕,通飞廉之衙衙㉖。前轻辌之
锵锵兮㉗,后辎乘之从从㉘。载云旗之委蛇

兮㉙,扈屯骑之容容㉚。计专专之不可化兮㉛,
愿遂推而为臧㉜。赖皇天之厚德兮㉝,还及君
之无恙㉞。

① 举任:举贤任能。

② 怵惕:惊惧,惊恐。

③ 浏浏:如"溜溜",水流清澈貌。

④ 驭:驾驭车马。安:哪里。强策:强有力的马鞭。

⑤ 恃:依靠。

⑥ 重介:坚甲利兵。邅(zhān):回旋不进。翼翼:小心谨慎
样。无终:没有结果。

⑦ 忳(tún)惽(hūn)惽:忧郁烦闷样。愁约:忧愁。

⑧ 若过:好像过客。

⑨ 沉滞:退隐,埋没。

⑩ 潢洋:渺茫,无所遇合。

⑪ 恂愁:愚昧貌。

⑫ 焉薄:哪里止,何所栖止。

⑬ 皇皇:遑遑,匆匆忙忙。更索:另外寻求。

⑭ 誉:称扬。

⑮ 罔：怅惘。聊虑：姑且思量。

⑯ 着意：用心。

⑰ 纷：众多样。忳忳：专一貌。

⑱ 被离：披离，指众多杂乱样子。

⑲ 抟抟：结聚成团样子。

⑳ 骛：追随。湛湛：深厚样子。

㉑ 骖：作动词，驾。习习：飞动的样子。

㉒ 历：经过，遍历。群灵：群星之神。丰丰：众多。

㉓ 朱雀：星座名。茇茇：飞翔貌。

㉔ 苍龙：星座名。躣躣：行走貌。

㉕ 属：跟随，一说嘱咐。雷师：雷神。阗阗：雷声。

㉖ 通：在前开路，导道。一说通告。飞廉：风神。衙衙：行
走貌。

㉗ 轾辌(zhì liáng)：古代一种轻便的卧车。锵锵：车铃声。

㉘ 辒乘：辒重车。从从：车铃声。

㉙ 云旗：以云为旗。委蛇：旗帜迎风飘展。

㉚ 扈：护卫，侍从。屯骑：众车骑。容容：盛大貌。

㉛ 计：心意。专专：专一。

㉜ 遂推：终于推广。臧：善，好。

㉝ 赖：仰赖，依仗。

㉞ 还及：还念及。君：指楚王。无恙：无疾病。

以上第九段，诗人面对严酷现实，决计离开人间，远游天国，但其内心却始终不忘君主，此与屈原《离骚》末段所述似为异曲同声。

《九辩》历来被誉为"悲秋"诗的开山之作，原因在于诗开首即有不同凡响的佳句和全诗充满悲秋气息的情调——"悲哉，秋之为气也！萧瑟兮草木摇落而变衰。憭慄兮若在远行，登山临水兮送将归。"读《九辩》，我们可以充分领略诗人借悲秋抒发自己"贫士失职而志不平"的感慨，并从中可以体会到一位人生坎坷不遇、形象憔悴自怜的文人才士之心绪。

与《离骚》相仿的是，《九辩》诗中作者对楚国的贵族统治集团也作了无情揭露，抨击了楚王与群臣小人们的无耻言行；与此同时，诗中大量出现的乃是描述诗人个人的失意、悲愁与不平，其间虽多少也交织着对国家与人民命运的关心，但较之屈原的《离骚》，其中多的只是个人怀才不遇的哀怨，无论人格还是思想境界，都难以同屈原相比。故而，后来的文学史上虽有"屈宋"齐名，甚至像李白这样的大诗人也将宋玉与屈原并称，然毕竟宋玉要逊于屈原，两者的成就与影响均不可同日而语。

《九辩》诗在艺术上的最大特色是将萧瑟摇落的秋气与幽怨哀伤的情感高度融合，并使之贯穿全诗，令后人读之有回肠荡气之感。大诗人杜甫曾写下过脍炙人口的诗句："摇落深知宋玉悲，风流儒雅亦吾师。"（《咏怀古迹》）这是《九辩》诗的最大艺术魅力所在，也是宋玉作品成就的至高点。

《中国古代文史经典读本》（文学类）书目

诗经楚辞选评／徐志啸撰

古诗十九首与乐府诗选评／曹旭撰

三曹诗选评／陈庆元撰

陶渊明谢灵运鲍照诗文选评／曹明纲撰

谢朓庾信及其他诗人诗文选评／杨明、杨焄撰

高适岑参诗选评／陈铁民撰

王维孟浩然诗选评／刘宁撰

李白诗选评／赵昌平撰

杜甫诗选评／葛晓音撰

韩愈诗文选评／孙昌武撰

柳宗元诗文选评／尚永亮撰

刘禹锡白居易诗选评／肖瑞峰、彭万隆撰

李贺诗选评／陈允吉、吴海勇撰

杜牧诗文选评／吴在庆撰

李商隐诗选评／刘学锴、李翰撰

柳永词选评／谢桃坊撰

欧阳修诗词文选评／黄进德撰

王安石诗文选评／高克勤撰

苏轼诗词文选评／王水照、朱刚撰

黄庭坚诗词文选评／黄宝华撰

秦观诗词文选评／徐培均、罗立刚撰

周邦彦词选评／刘扬忠撰

李清照诗词文选评／陈祖美撰

辛弃疾词选评／施议对撰

关汉卿戏曲选评／翁敏华撰

西厢记选评／李梦生撰

牡丹亭选评／赵山林撰

长生殿选评／谭帆、杨坤撰

桃花扇选评／翁敏华撰